【智量译文选】

上尉的女儿
Капитанская дочка

〔俄〕普希金 著　智量 译
Александр Сергеевич Пушкин

华东师范大学出版社

目 录

第一章　近卫军中士 / 1
第二章　带路人 / 10
第三章　要塞 / 20
第四章　决斗 / 27
第五章　爱情 / 37
第六章　普加乔夫暴动 / 45
第七章　进攻 / 55
第八章　不速之客 / 62
第九章　别离 / 71
第十章　围攻 / 77
第十一章　叛乱的村庄 / 85
第十二章　孤女 / 96
第十三章　逮捕 / 103
第十四章　审判 / 110

别稿一 / 123
别稿二 / 135
别稿三 / 136
别稿四 / 137
别稿五 / 144
别稿六 / 145

第一章

近卫军中士

——他呀,明天就该是上尉,若是在近卫军。
——不必啦;让他去部队当个兵。
——说得好!叫他伤心伤心……
……
而谁是他的父亲?

克尼雅日宁①

我父亲,安德烈·彼得罗维奇·格里尼奥夫,年轻时在米尼希②伯爵手下当差,17……年以中校退伍③。他从此便住在他辛比尔斯克的村子里,在那儿娶了年轻姑娘阿芙朵吉·瓦西里叶芙娜·尤……为妻,她是当地一位穷贵族的女儿。我们一共是九个孩子,我所有的兄弟姐妹全都夭折了。

我还在母亲肚子里的时候,已经以中士名义登录在谢苗诺夫军团里了④。这是靠了近卫军少校柏公爵的关照,他是我家的

---

① 克尼雅日宁(1742—1791),俄国剧作家。这几行文字引自他的剧作《说大话的人》(1784)。
② 米尼希(1683—1767),俄国政治家和军事将领。但在这部小说所描写的叶卡捷琳娜二世时代,他已经退休。
③ 手稿中原为:"1762年退伍。"这一年正当叶卡捷琳娜二世登基。普希金有意暗示,这位中校退伍的原因是宫廷政变。但1762这个年份与小说叙述年代不符。手稿中说,小说的主人公于1755年出生。因此,这位中校退伍的时间大约在1742年,那是伊丽莎白·彼得罗夫娜即位的年代,当时也曾经发生过一次宫廷政变。
④ 谢苗诺夫军团,当时俄国的法律规定,贵族子弟必须在军队服役,并从最下级士兵做起,父母为使孩子不受士兵生活的劳苦,一出生便在某军团 (转下页)

近亲。假如说,事与愿违,母亲生下个女儿,那父亲就会去申明一下,说这个不曾出世的中士已经死亡,事情就算了结了。在求学年限期满前,我算是请假。那时候我们所受的教育跟现在不同。五岁起,我就被交给马夫萨维里奇,由他当我的管教人①。因为他从不贪杯。在他的管教下,十二岁上,我便学会认俄文,还能非常正确地判断猎狗的脾性。这时候,父亲给我雇了个法国人,麦歇②波普列,他是跟够一年吃用的葡萄酒和普罗旺斯橄榄油一块从莫斯科写信要来的。他的到来让萨维里奇很不高兴。"谢天谢地,"他自言自语嘟囔着,"看来是,孩子身子也洗净了,头发也梳光了,肚子也喂饱了。干嘛多花钱,请来个麦歇,好像自家没有人似的!"

  波普列在他本国是个理发匠,后来在普鲁士当兵,最后来到了俄国,麦歇③,而他对这个词的含义还不大了解。他是个老好人,但是很浮躁,极端的放荡。他最主要的弱点是太喜欢女人;往往由于自己的多情,被人家连推带搡地赶出来;为这些,他要一连几天地长吁短叹。他而且不是一个(用他的话来说)**酒瓶子的敌人**,就是说(用俄语说)喜欢多喝上几杯。而我家只有午餐时才上葡萄酒,并且只斟一杯,再说还经常在斟酒时把教师漏掉,于是我的波普列很快便习惯于喝俄国烧酒,甚至比他自己国家的葡萄酒更喜欢,认为它用来养胃是再好不过了。我俩马上就相处得很好。虽然按照合同,他该教我**法语、德语和各门功课**。而

  (接上页)中把他注册,到成年入伍时,"当兵"时间已长,可立即"升"为军官,谢苗诺夫军团是当时一个享有特权的近卫军军团,贵族子弟都千方百计设
① 法在其中服役。
① 管教人,俄国贵族家中负责伺候、照管和教养幼儿的农奴。
② 麦歇,法语"先生"的音译。
③ 这里用这个法语词,意在表示想当个教师。

他倒更愿意赶快跟我学会扯上几句俄国话——然后我们便各干各的。我们过得和睦而友好。我也不想再有个另外的老师。然而不久命运使我们分手了。事情是这样：

洗衣妇帕拉什卡，一个胖胖的满脸雀斑的姑娘，她跟一只眼的放牛女佣人阿库里卡有天商量好，两人同时去跪在我母亲脚下，承认自己太软弱，犯了过错，她们哭着抱怨麦歇，说他利用她们没经验，勾引了她们。我母亲是不爱把这种事情当儿戏的，她告诉了父亲。他的处治来得快。他马上叫人把这个骗子法国人喊来。人们向他报告说，麦歇在给我上课。父亲便来到我屋里。这时，波普列正躺在床上，做他那无邪的梦。我在干我的事。要交待一下：给我从莫斯科订购来一张地图，它挂在墙上，毫无用处，我早就看中这张又宽又好的纸了，我决定用它做一只风筝。我便趁波普列睡觉，干起活来。父亲进来的时候，我正在把一条树皮做的尾巴装在好望角上。看见我的这些地理作业，父亲揪住我的耳朵，再奔向波普列，非常不客气地叫醒他，并且破口大骂。波普列慌乱中想爬起来，但做不到：可怜的法国人醉得跟死人一样。新账老账，一并开销。父亲大人抓住领口把他从床上拖起，推出门外，当天赶走，让萨维里奇乐得难以言状。我的教育便从此结束。

我过着纨绔子弟①的日子，跟仆人家的男孩子们一块儿追鸽子，玩跳背游戏。这期间，我过了十六岁。我的命运这时发生了变化。

秋天有一回，母亲在客厅里煮蜜制果酱，我舔着嘴唇，望着

---

① 俄国作家冯维辛(1744—1792)的剧作《纨绔子弟》(1782)发表并上演后，这个词便有了特殊的含义，专指如剧中主人公米特罗方那样愚昧无知的贵族家庭的未成年子弟。

锅上沸腾的泡沫。父亲在窗下读着宫廷年鉴,他每年都收到一本。这本书对他一向影响巨大:他反复读这本书时没有哪一回不是趣味盎然的,而读这本书也一向令他肝火异常的旺盛。母亲摸透了他的脾气和习惯,总是千方百计把这本倒霉的书尽可能塞得远些,于是,宫廷年鉴有时候他几个月都看不见。而因此,当他偶尔找见,就一连几小时不肯放手。就这样,父亲他现在正读着宫廷年鉴。他时而耸一耸肩头,低声说几句:"中将!……他在我连队里还是个中士呢!……双份俄罗斯最高勋章获得者!①……可是还没多久呀我们……"最后父亲把年鉴往沙发上一掷,沉思起来,这可没有一点儿好兆头。

忽然他转脸对母亲说:"阿芙朵吉·瓦西里叶芙娜,彼得鲁沙②多大啦?"

"眼看十七啦,"母亲回答说,"生彼得鲁沙,正好是娜斯塔霞·盖纳西莫夫娜姨妈瞎了一只眼睛的那年,那时候还……"

"好啦,"父亲打断她,"该让他去服役啦。他不好再在女佣人屋里乱钻呀,爬鸽子棚呀的啦。"

想到很快就要跟我分别,让母亲好不惊惶,她手里的小勺儿滑落在锅子里,泪水沿脸颊流下。相反的是,真难以描绘我的喜悦。想到服军役,我便立刻会想到自由,想到彼得堡生活的各种乐趣。我已把自己想象成一个近卫军军官了,依我看,这是人生至高无上的幸福。

父亲一向不爱改变主意,也不会搁延。我出发的日子定下了。头天夜晚,父亲说,他要写封信给我未来的长官,让我带上。

---

① 双份俄罗斯最高奖章,最高安德烈勋章和亚力山大·涅夫斯基勋章是沙俄两种高级勋章,同时获得这两种,为最高荣誉。

② 彼得鲁沙,"彼得"的一种爱称。

他叫人拿笔和纸来。

"别忘了,安德烈·彼得罗维奇,"母亲说,"也代我向柏公爵问候;我,你就说,希望,他对彼得鲁沙多多关照。"

"你胡说什么!"父亲皱着眉头回答说,"我干吗要给柏公爵写信?"

"可你说的呀,你想要给彼得鲁沙的长官写信呀。"

"就算吧,那又怎么啦?"

"彼得鲁沙的长官不是柏公爵吗。彼得鲁沙不是上过谢苗诺夫军团的花名册子吗?"

"上过花名册子!他上花名册子关我啥事情?彼得鲁沙不去彼得堡。在彼得堡当差,他能学到什么?学乱花钱,过放荡日子?不,叫他去部队里当差,好好价吃点子苦,闻点子火药味儿。叫他去当个兵,不是当个浪荡公子。上过近卫军的花名册子!他的身混证①在哪儿?给我拿来。"

母亲去找我的身份证,它放在小匣子里,跟我受洗时穿的衬衫放在一起,她的手颤抖着把它递给父亲。父亲仔细地看过,放在自己面前的桌子上,开始写信。

好奇心让我难受,到底把我送哪儿去,既然说不去彼得堡?我眼睛不离父亲的笔尖,它移动得真慢。他终于写完了,把信和身份证装在一个封套里,摘下眼镜,递给我,这才说:"给你这封信,写给安德烈·卡尔诺维奇·罗的,我的老同事,老朋友。你去奥伦堡,在他手下当差。"

这下子,我一切的光辉希望都破灭了!等待着我的,不是快活的彼得堡生活,而是那偏僻遥远地方的枯燥日子。一分钟前我想得心花怒放的差事,现在对我像是一种沉重的不幸。但是

---

① 身混证,译文表示这位父亲发音有缺点。

无可争辩。第二天清晨,一辆旅行带篷马车赶到台阶前;往车里放进了一只衣箱;一只上路用的食品盒子,装着茶具;几袋小白面包和烙饼,这些家庭溺爱的最后表示。我的双亲祝福了我。父亲对我说:"再见,彼得。效忠谁,就老实为他干;要听长官的话;别想着讨好人家;别硬揽差事干,也别推托。记住这句谚语:'爱惜衣衫当从新穿时,爱惜名声要当年少时'。"母亲含着泪反复嘱咐我当心身体,嘱咐萨维里奇把孩子照管好。他们给我穿上一件兔皮袄,外面再套件狐皮大衣。我跟萨维里奇坐进篷车里便上路了,我满脸是泪。

　　当天晚上到达辛比尔斯克,在那儿要停一天,买些必需的东西,这是早就托付给萨维里奇的。我留在旅店里。萨维里奇一大早便一家家铺子去跑。望着窗外肮脏的小胡同,实在闷得难受,我便去各个房间里游荡。走进台球房,我看见一位高个子的老爷,三十五岁上下,长长的黑胡子,身穿长袍,手执球杆,烟斗叼在牙齿间。他在跟记分服务员打球,这服务员每赢一次,便喝一小杯伏特加,而每输一次,则必须趴着在台球案子下面爬一回。我便去看他们玩球。他们玩得愈久,四条腿的爬行便愈多,到后来,记分服务员便留在台球案下不出来了。这位老爷在他头顶上方说了几句重话,好像是在致临葬悼词。这时他建议我来跟他打。我谢绝了,说不会。这让他,显然是,感到奇怪。他似乎遗憾地瞧了我一眼;但我们便由此交谈起来。我得知他名叫伊凡·伊凡诺维奇·祖林,是骠骑兵团的一位上尉,来辛比尔斯克接收新兵的,就住在这家旅店里。祖林邀我跟他一道吃顿午饭,有啥吃啥,当兵的都这样。我欣然同意。我们吃起来。祖林酒喝得很多,还向我敬酒,他说,应该习惯一下怎样当差;他给我讲些部队的趣闻,让我笑得差点瘫下。这顿饭一吃,我俩便成为莫逆之交。这时他自告奋勇,要教我打台球。"这个",他说,

"是我们当差的兄弟们离不了的。比方说,行军时候,到一个小地方,请问有啥事好干?总不能老是去打犹太人吧①。只好去酒店里玩台球;所以就得学会打!"我完全被他说服了,便极其用心地开始学起来。祖林大声地鼓励我,他为我进步之快而惊异,教过我几手以后,便建议跟我玩钱,赌一个小铜币,不为输赢,只不过没白玩一场,用他的话说,白玩是一种糟糕不过的习惯。这一点我也同意,而祖林又叫人送来潘趣酒②,他说服我尝一尝,一再说,要当差,我得习惯这个;没有潘趣酒,当兵有个啥当头!我照他的话做。我们就继续打下去。我从我杯子里一小口一小口地舔着喝,我喝得愈勤,胆子就愈大。台球不停地从我手下飞出台外;我发火了,责骂记分服务员,天晓得他是怎样在记分的,我把赌注逐渐地加大——我这副样子,恰像个挣脱了管束的小孩。而时间不知不觉地流过。祖林看了看表,放下球杆对我说,我已经输了一百个卢布。这让我有点惶惑。我的钱在萨维里奇手里。我表示抱歉,祖林打断我的话:"得啦!别操心,我可以等的呀,这会儿咱们去找阿丽奴什卡。"

您还有什么话好说?这一天我就糊里糊涂过去了,跟一开始一个样。我们在阿丽奴什卡那儿吃晚饭。祖林一个劲儿给我斟酒,反复说,应该习惯一下当差的生活。从饭桌上站起时,我的两条腿几乎撑不住了;半夜里祖林把我带回到旅店里。

萨维里奇在台阶上接我们。他叹口气,看见我那副无疑是热心当差的样子。"咋啦,少爷,你咋的啦?"他用埋怨的声音说,"你这是去哪儿喝醉啦?哎呀,老天爷!打从生下来就没有过这种罪孽呀!""闭嘴,老东西!"我结结巴巴地回答他,"你,准是,喝

---

① 打犹太人,当时犹太人地位低下,军人以殴打他们作为消遣。
② 潘趣酒,一种果汁、香料、茶、酒混合的甜饮料。

醉啦,去睡你的……给我收拾床铺。"

第二天我醒来时头还很痛,模糊地记得昨天发生的事情。我的思索被萨维里奇打断,他给我送一杯茶来。"太早啦,彼得·安德烈依奇,"他对我说,一边摇着头,"寻欢作乐得太早啦。你这副样子像谁呀? 我觉得,你爸、你爷爷都不是酒鬼;你妈就更没说的啦:她呀自出娘胎,除了克瓦斯①,啥也不让进嘴的。这都怪那个该死的麦歇呀。他老是往安季普耶夫娜那儿跑:'马大母,热壶布里,伏特夹②。'瞧,热壶布里给你了个啥! 没说的:他教给你好东西啦,那个狗娘养的。用得着请个不要脸的异教徒来看孩子吗? 老爷自己家里没有人咋的!"

我很不好意思。扭过脸去,对他说:"你去吧,萨维里奇,我不想喝茶。"可是萨维里奇一旦教训起人来,要止住他可不容易。"你瞧呀,彼得·安德烈依奇,喝醉酒是啥滋味儿。脑瓜子沉,吃不下。爱喝酒的人没一点用场……喝上点儿加蜜的腌黄瓜汁吧,顶好是再用半杯烧酒来醒醒酒。你说要不要?"

这时一个男孩走进屋里来,交给我一封伊·伊·祖林写下的便函,我打开它,读出这几行字:

> 亲爱的彼得·安德烈依奇,请将您昨天输给我的一百卢布,交给我的僮仆带上,我极需用钱。
>
> 随时准备效劳的
> 伊凡·祖林

---

① 克瓦斯,一种俄国民间用麦芽或面包屑制成的饮料。
② "马大母"句,法语"太太,求你给伏特加"的俄语读音,萨维里奇在学那位法国教师说话。

毫无办法。我装出一副满不在乎的样子,转向萨维里奇,他是我的**钱财衣物和一切事务的管理人**①,命他给这男孩一百个卢布。"怎么!为啥?"萨维里奇惊奇地问道。"我欠他的。"我极力平淡地回答。"欠他的?"萨维里奇反问我,他愈来愈惊奇了,"可啥时候,少爷,你有工夫跟他借钱呀?事情有些不对头嘛。随你便吧,少爷,可钱我不给。"

我想了想,假如在这决定性的一刻间,我不能争过这个固执的老头儿,往后要想摆脱他的监管可就难了。于是,我傲然地瞅他一眼,说道:"我是你的主人,你是我的奴仆。钱是我的。我把它输掉了,因为我高兴这样。我劝你别自作聪明,叫你做什么,你就去做什么。"

我的话让萨维里奇吓了一跳,他举起双手来啪地一拍,呆立在那里。"干吗站在那儿!"我气愤地大声喊叫。萨维里奇哭了。"彼得·安德烈依奇少爷呀,"他声音颤抖地说,"可别要我伤心,送我的命呀。你,我的宝贝儿!听我老头儿一句话:给这个强盗写封信,说你是闹着玩的,说我们没这么多钱。一百个卢布!我的仁慈的上帝!给他说,你爹妈严严实实地吩咐过不准赌钱的,除了赌个核桃啥的……""你胡扯够啦,"我严厉地打断他,"拿钱来,要不我把你掐着脖子撵出去。"

萨维里奇眼中含着深深的悲伤望望我,去拿钱还我的债了。我心里怜惜这个可怜的老头儿;但是我想要挣脱管束,我要表明我已经不是小孩子。钱付给了祖林。萨维里奇赶快把我从那该死的旅店弄走。他来报告说,马准备好了。我怀着一颗不安的良心和无限的悔恨离开辛比尔斯克,没去跟我的这位老师说声再见,也不想什么时候再见到他。

---

① 黑体文字语出俄国诗人、剧作家冯维辛的诗《致我的仆人们》(1769)。

第二章

> 我的这片地方呀,可爱的地方,
> 不曾相识的地方!
> 不是我自个儿要来到你这里
> 也不是骏马驮我到这里:
> 把年轻小伙儿我带来的,
> 是年轻人的豪情和勇气,
> 和那小酒店里的一股醉意。
>
> ——一支古老的歌

我一路上的思索并不怎么愉快。我输掉的钱,按当时价值是个不小的数目。我心里不得不承认,我在辛比尔斯克旅店的行为是愚蠢的,感到自己在萨维里奇面前有过错。这些事让我好难受。老人家阴沉沉地坐在赶车人的位子上,把背朝着我,一言不发,只偶尔干咳两声。我实在想跟他言和,又不知道怎样开口。终于我对他说:"喂,喂,萨维里奇!得了吧,咱们讲和吧,我错啦;我自己明白我错啦。我昨天淘气了,白惹你生气,我保证往后行为聪明些,听你的话。喂,别生气啦;咱们讲和吧。"

"唉,彼得·安德烈依奇少爷呀!"他长叹一声回答我,"我是跟自己生气呀;全是我的错。我怎么把你一个人丢在旅店里呢!咋办呢?鬼迷心窍啦:我忽然想起去教堂执事女人那儿,去会会干亲家。结果是:一见到干亲家,就跟坐了牢一样。倒霉呀,可也只好这样啦!我哪有脸去见老爷太太呢?他们会咋说呀,他们要是知道,孩子又喝酒、又赌钱呀。"

为了安慰可怜的萨维里奇,我给他许下诺言,往后没他同意一个戈比也不花。他渐渐安心了,虽然还老是隔一会儿自个儿嘟囔几句,摇着头说:"一百个卢布!是轻巧事儿吗!"

我渐渐接近我的目的地了。四周尽是凄凉的荒漠,夹杂一些山丘和峡谷。到处都盖着白雪。太阳落山了。篷车沿一条狭窄的小路往前走,或者,说得更精确些,是沿着农家雪橇留下的痕迹走。忽然车夫向一边不断地张望,最后,他脱下帽子,向我转过身来,说:"老爷,折回去好不好?"

"这是为什么?"

"天气靠不住:有点起风了——瞧,风把浮雪都刮走啦。"

"这有什么大不了的!"

"瞧那是啥?"(车夫用鞭子指着东方。)

"我什么也看不见,只看见白茫茫的草地,晴朗的天。"

"那儿——那儿:是一朵云彩呀。"

我看见天边确实是有一小片白云,开头我把它当成是远方的山冈了。车夫给我解释说,这一小朵云就是暴风雪的兆头。

我听说过那里的雪暴,也知道它往往能埋住整队的大车。萨维里奇同意车夫的意见,建议往回折。然而我觉得风并不大;我指望能及时赶到下一站,便吩咐加速前进。

马车疾驰着,可是车夫仍不停地望着东方。几匹马步调一致地奔跑着。而这时,风愈来愈大,那朵小云变成了一片白色的浓云,正沉沉地涌起、增多,逐渐布满天空,飘起了细小的雪花——而忽然间就落起了鹅毛大雪。风在呼啸;雪暴来临了。顷刻间黝黑的天空跟雪的海洋混搅在一起,万物都消失不见了。"哟,老爷!"车夫喊叫道,"糟啦,是暴风雪呀!"

我从篷车里往外张望:漆黑一片,还有旋风。风的吼声显出一种凶暴和狂怒,似乎它是赋有灵魂的;雪花撒遍我和萨维里奇的全身;马儿一步步地向前迈——很快便停住不动了。

我不耐烦地问车夫道:"你干吗不朝前走?""怎么走呀?"他回答说,一边从赶车座位上爬下来。"不晓得往哪儿走呀:没有路,到处一团漆黑。"我开始责骂他。萨维里奇出来袒护他:"是你不肯听话呀,"他生气地说,"本来好回到马车店里,喝上一杯茶,一觉睡到大天亮,风雪也停了,好再往前走。急个啥呀? 要是去娶新娘子倒也罢了!"萨维里奇是对的。毫无办法。大雪还在纷飞,篷车四周已经积起雪堆来。马儿站立着,耷拉着头,偶尔把身子抖几下。车夫在周围走动,没事可干,便把马套缰绳整一整。萨维里奇嘟囔着;我朝四边望去,希望能看见一点儿哪怕是房屋或者道路的迹象,但是什么也分辨不清,只有昏昏沉沉飞卷而起的风雪……忽然我看见一个黑乎乎的东西。"哎,车夫!"我喊起来,"你瞧:那儿黑黑的是个什么东西?"车夫仔细地观察着。"天知道,老爷,"他一边说,一边去坐在他的座位上,"车不像车,树不像树,可又像是在那儿动。大概,要么是狼,要么是个人。"

我叫把车子赶向那个不知是什么的东西。它也马上就朝我们移动起来。两分钟后,我们走到一个人的跟前。"嗨,老大哥!"车夫向他喊叫说,"请问你知不知道,路在哪儿?"

"路就在这里,我就站在硬的路面上,"那个过路人回答说,"你问这干啥?"

"听着,庄稼人,"我对他说,"你熟悉这片地方吗? 你肯不肯带我们找个过夜的去处?"

"这地方嘛,我是熟悉的,"过路人回答说,"感谢上帝,横里竖里乘车骑马走过好多回。可你瞧这是啥天气:一下子你就迷了路。顶好是停在这儿等着,没准儿暴风雪会停下来,天会晴的,那时候咱们靠星星能找到路。"

他的镇静给了我鼓励。我已经决定,听天由命吧,就在草原里过一夜。忽然,这位过路人动作麻利地坐上赶车的座位,并且对车夫说:"瞧,感谢上帝,不远处有人家;朝右转,赶上车子走。"干吗我要朝右走?"车夫不满意地问,"你在哪儿看见路啦? 或许是,别人家的马,马套子也不是自己的,那就赶上不停蹄地跑吧。"我觉得车夫是对的。"说真的,"我说,"为什么你认为,离这儿不远处有人家呢?""因为呀,风从那边刮过来,"过路人回答说,"我闻见啦,有烟味儿;就是说,靠近村子啦。"他的机灵劲儿和敏锐的感觉令我惊奇。我叫车夫开路。马儿在厚厚的积雪上沉重地迈步。篷车静静地移动着,时而撞上雪堆,时而陷入沟壑,一会儿倒向这边,一会儿倒向那边,好像一只船漂泊在狂风暴雨的大海上。萨维里奇叹着气,不时用肘尖顶一顶我的腰部。我放下挡门的席子,裹在大衣里打盹,风雪的歌吟和篷车前进时静静的摇晃使我昏昏入睡。

　　我做了一个梦,这个梦我怎么也无法忘记,直到如今我还能在其中看见某种预言性的东西,每当我拿它和我生活中一些奇特情况相比较时,我便会这样想。读者会原谅我的,因为,或许他根据经验知道,尽管人竭尽全力地轻视偏见,但是人从生下来都是醉心于迷信的。

　　每当现实让位于想象,并在欲醒未睡时的矇眬幻影中与想象交融时,我便处于这种感觉与心灵的状态之中。我似乎觉得,暴风雪仍在肆虐,我仍然迷失于大雪覆盖的草原中……忽然我看见一扇门,我便走进了我家庄园的院落。我首先想到的是担心父亲会对我发脾气,因为我不得已又回到父母家里,是有意在违背他的命令。我惶惶不安地从篷车中一跃而下,我看见:母亲满面愁容地站在门廊上迎接我。"轻点儿,"她对我说,"你爸病得不行啦,正想跟你见一面。"我吓呆了,随她走进卧房。我看见,房间里灯光微弱;床边站着一些人,个个面带哀愁。我轻轻价走到床前;母亲掀起帐子说:"安德烈·彼得罗维奇,彼得鲁沙来啦:他知道你生了病,就回家啦;给他祝福吧。"我跪在地上,眼睛盯住病人看。怎么回事?……我看见不是我爸,而是一个长着黑胡子的庄稼汉躺在床上,开心地朝我望着。我惶惑不解地转身问母亲:"这是怎么回事?他不是父亲。我干吗要一个庄稼汉来祝福我?""都一样呀,彼得鲁沙,"母亲回答我,"这是你的主婚人,结婚时候代替你父亲的;吻他的手吧,让他为你祝福……"我不同意。这时那个庄稼汉从床上跳下来,从背后抽出一把大斧子,朝四面八方乱砍。我想逃……又逃不掉;满屋子都是死尸;我撞在这些尸体上,滑倒在血泊里……那可怕的庄稼汉又好言好语召唤我,他说:"别害怕,过来接受我的祝福吧……"我满心恐惧和疑虑……而就在这时候我醒来了;马儿停住了;萨维里奇拽一拽我的手,说:"下车,少爷,到啦。"

"到哪儿啦?"我揉着眼睛问。

"到马车店啦。老天爷帮忙,一下子就撞在围栏上啦。下车,少爷,快去暖暖身子。"

我从篷车中下来。暴风雪仍在继续,虽然势头小了些;四处一片漆黑,伸手不见五指。店主人在门口迎我们,用衣襟遮住灯笼,他把我带进正房,很狭小,可是相当干净;点着松明。墙上挂着一支步枪和一顶高高的哥萨克帽子。

店主人祖上是亚伊克河[①]一带的哥萨克。看样子是个六十岁上下的农民,气力和精神都还好。萨维里奇跟着把食品箱拿进屋里,要了火,准备烧茶,我好像从没像这会儿一样想喝口茶。主人去张罗了。

[①] 亚伊克河,现称乌拉尔河。

"带路的人呢?"我问萨维里奇。

"在这儿呢,老爷。"一个声音从上边回答我。

我朝高板床架①上望去,看见一堆黑胡子和两只闪闪发光的眼睛。"怎么,老兄,冻僵了吧?""只穿件破上衣,还有不冻僵的!我本来有件皮袄的,不瞒你说,昨儿个押给酒馆儿掌柜了,那时候好像不大冷。"这时主人端进沸腾的茶炊来;我请我们的带路人喝一杯茶;庄稼汉从高板床架上爬下来。他的外表让我觉得很英俊。他大约四十来岁,中等身材,瘦瘦的,两肩很宽。他的黑胡须显得有些斑白;一双活跃的大眼睛不停地在动。他的面孔上有一种相当快活而又带狡猾的表情。头发剪成圆顶形;穿一件破烂的粗呢上衣,一条鞑靼式的肥腿灯笼裤。我端一杯茶给他;他尝一口,皱皱眉头。"老爷啊,劳您驾,——叫他们拿杯酒来,茶不是我们哥萨克人喝的玩意儿。"我满心愿意实现他的愿望。主人从橱柜里拿出一只大酒瓶和一只酒杯,走向他,向他脸上望了望。"嗳嗨,"他说,"你又来我们这儿啦!上帝从哪儿把你弄来的?"我的带路人意味深长地眨眨眼,用句民间的套话回答他:"飞进菜园子找个食儿,一嘴啄了个大麻籽儿;老奶奶朝它掷个小石子儿——可没打中,咦,你们的人咋啦?"

"我们的人咋啦!"主人回答他,还是用别有含意的套话说,"本该敲钟做晚祷,牧师的婆娘不准敲;牧师出门做客呢,只有鬼在坟地里。""闭上嘴,大叔。"我的流浪汉不同意他的话:"有雨就会有蘑菇,有蘑菇就有筐子装。这会儿嘛,(说到这里,他又眨一眨眼睛)背后披上把斧子吧:看林子的正在巡查呢。老爷,祝您健康长寿!"说这句话时,他举起杯,画过十字,一饮而尽。然后

---

① 高板架床,俄国旧时农村房屋中架设在炉子和侧壁之间的床,约一人高,宽而暖,俄国人喜欢睡在那里。

对我一鞠躬,回到高板床架上。

那时,从这些盗贼的黑话里,我什么也搞不清;可是后来我猜到了,他们说的是关于亚伊克地区驻军的事,这支部队1772年叛乱过①,当时刚刚被镇压住。萨维里奇满脸不高兴地听着。他疑心重重地时而望望主人,时而望望带路的。这马车店,或者按当地的叫法,大车店,位置很偏僻,在草原当中,离开别的村子都远,很像是个强盗窝。但是毫无办法。要继续赶路是根本休想。萨维里奇的不安让我好开心。这时,我安排好过夜,睡在一条靠墙的长凳上。萨维里奇决定睡在通炉子的炕台上;店主人睡在地板上。马上茅舍里便全都是鼾声,我睡得像死去一样。

早晨我醒得很迟,看见暴风雪已经停息。太阳高照。一望无际的草原上覆盖着耀眼的皑皑白雪。马匹已经套好。我给店主付了账,他向我们只收那么少的钱,连萨维里奇也不跟他争吵,不跟他讲价钱,习惯上他是要这样做的。昨天夜晚的怀疑已经完全从他脑袋里消除了。我叫来带路人,感谢他提供的帮助,叫萨维里奇给他半个卢布买酒喝。萨维里奇皱起眉头来。"半个卢布买酒喝!"他说,"凭啥?就凭劳你大驾把他带到马车店里吗?随你的便吧,老爷:咱们可没有多余的半个卢布。见人就给钱买酒喝,那自个儿眼看着就得饿饭啦。"我不能跟萨维里奇争吵。钱,按我的诺言,由他全权掌管。但我遗憾的是不能对这个人表示感谢,如果说他不是使我摆脱了灾难,至少使我摆脱了非常不愉快的困境。"好吧,"我冷静地说,"你要是不想给半个卢布,从我衣服里拿一件什么的给他。他穿得太单薄了。就把我的兔皮袄给他吧。"

---

① 1772年叛乱,指1772年叶卡捷琳娜二世曾残酷镇压的亚伊克地区的哥萨克军队叛乱。

"得了吧,彼得·安德烈依奇少爷呀!"萨维里奇说,"干吗把你的兔皮袄给他?他会拿去喝掉的,狗东西,在第一家酒店就喝掉。"

"这个嘛,老头儿,就不用你烦心啦,"我那个流浪汉回答说,"我拿它喝掉或是不喝掉。老爷从他肩头上把皮袄赏给我,这是他老爷乐意,你当奴才该做的是别犟嘴,叫你做啥你做啥。"

"你连上帝也不怕,强盗呀!"萨维里奇回答他,声音很气愤,"你瞧,孩子还不懂事呢,可你倒高兴来撺掇他,只为他太老实。你要老爷的皮袄干啥用?你别妄想把它绷在你那该死的肩膀儿上。"

"你就别自作聪明啦,"我对我的佣人说,"这就去把皮袄拿来。"

"老天爷!"我的萨维里奇怨叹着,"兔皮袄简直是崭新的呢!给别人倒罢了,可给了个酒鬼穷光蛋!"

但是皮袄还是拿来了。那个乡下佬马上拿它比量着。事实上,我穿着它长大的这件皮袄,他穿是嫌窄小些。而他居然勉强想办法穿在身上,缝线都挣开了。萨维里奇听见线的断裂声,差点没吼叫起来。流浪汉非常满意我的礼物。他送我到篷车旁,深深鞠一个躬,说:"谢谢,老爷!上帝会为您的善心奖赏您。我永世不忘您的恩典。"他自管自走了,而我继续赶路,不去理会萨维里奇的不满,不久,也就把昨天的风雪,把我的那个带路人,把兔皮袄都忘掉了。

到达奥伦堡,我直接去见将军。我看见的是一位身材高大的男子,已经上了岁数,背也驼了。他长长的头发已经全白了。老旧褪色的制服让人想起安娜·伊凡诺夫娜①时代的军人,他有

---

① 安娜·伊凡诺夫娜(1693—1740),1730—1740 年的俄国女皇。

很重的德国口音。我把父亲的信交给他,听到父亲的名字,他迅速地望我一眼。"我的上梯①呀,"他说,"没其天②工夫呀,好像是安德烈·彼得罗维奇还像你这年纪,可如今你瞧已青③有这么个小伙次④啦!哎哟,框阴啊,框阴!⑤"他把信拆开,开始低声地读它,一边评论着:"尊敬的安德烈·卡尔诺维奇阁下,我希望大人您'……这是些什么格套话⑥?呸,他怎么不害秋⑦呀,当然喽,纪律要紧,可是有这么写信给卡姆拉德⑧的吗……'大人您没忘记'……哼……'以及……当……死去的明……元帅……在行军中……还有……把卡罗琳卡玲'……哎嗨,布鲁德尔⑨呀!原来他还记得我们过去那些淘气事儿啊?'现在说正事吧……我的浪荡子前来见您'……哼……'给他双带刺儿的手套子⑩'……什么是'带刺儿的手套子'?这大概是句俄国谚语吧……什么叫'给他双带刺儿的手套子?'"他再说一遍,这遍是对我说的。

"这是说,"我尽可能装出一副天真无邪的样子回答他,"待他亲热些,别太严格了,让他多自由些,给他双带刺儿的手套子。"

"哼,我懂啦……'不要放任他'……不对,显然,'带刺儿的手套子'不是那个意思……'信中附呈他的身份证'……在哪儿?啊,在这儿……'告知谢苗诺夫军团'……那好,那好:一切都会办妥的……'请允许我不分上下拥抱老伙伴老朋友'——啊!总算想到啦……还有,还有……嗮,老天爷,"他读完了信,把我的身份证放在一边,说,"一切都会办妥的:把你调到××团去当个

---

①②③④⑤⑥⑦ 这里的译文表示这位老人发音不准,依次应为:上帝,没几天,已
① 经,小伙子,光阴啊光阴,客套话,害羞。
⑧ 卡姆拉德,德语"伙伴"的俄译音。
⑨ 布鲁德尔,德语"兄弟"的俄译音。
⑩ "给他"句,俄谚,意为"要严加管束"。

军官,免得你浪费时间,明天就上白山要塞去,你在那儿听米罗诺夫上尉指挥,一个好心肠又正派的人。在那儿你要认真地服役,学会守纪律。在奥伦堡你没事可干,游手好闲对年轻人没好处。今天嘛请你跟我一道吃午饭。"

越来越不轻松了!我心里思忖:还在娘胎里我就是个近卫军中士了,现在这对我有什么用!这是要把我弄到什么地方去?去××兵团,去那个吉尔吉斯——卡伊沙茨基草原边境上的荒僻要塞里!……我在安德烈·卡尔诺维奇家吃午饭,连他的老副官一共三人。他家餐桌上奉行严格的德国人的节俭,我想,他是害怕在他享用自己单身汉的饭食时,有时会见到个多余的客人,这是他连忙把我派到驻地去的一部分原因。第二天,我跟将军告别,出发到我的目的地去。

第三章
要 塞

我们在要塞里面过生活,
有面包吃,有水喝;
当那残暴的敌人
要来吃我们的馅儿饼,
我们就请客人吃一顿好饭;
大炮里都填满霰弹。
士兵的歌
老派人呀,老爹。

纨绔子弟①

白山要塞离奥伦堡有四十里②。道路沿亚伊克河陡峭的河岸向前伸延。河上还没结冰,它铅灰色的水浪在白雪覆盖、景色单调的两岸间阴沉沉地泛着黑光。河那边是广阔的吉尔吉斯草原。我陷入沉思,想的多半是些伤心事。驻地的生活对我很少有吸引力。我尽力在心中想象我未来的长官米罗诺夫上尉是个什么模样,把他想成个严厉的、脾气暴躁的老头儿,除了自己的职务什么也不懂,随时会因为各种琐事关我的禁闭,只给面包和水吃。而这时,天色开始转暗了。我们走得相当快。"离要塞还远吗?"我问我的车夫。"不远啦,"他回答说,"瞧,都看见啦。"我向四面眺望,希望能看见些威严的五角形棱堡、尖塔和土围墙;

---

① 引自冯维辛的剧本《纨绔子弟》中主人公的台词。
② 里,这里是俄里,1 里等于 1.067 公里,以下所有的"里"均是如此。

但是什么也看不见,只有一些小小的村落,都用木头栅栏围起来。一边有三四垛干草,一半盖着雪;另一边是一架歪斜的风磨,几片树皮做的大翼板懒洋洋地垂下来。"要塞在哪里?"我诧异地问。"瞧,那就是。"车夫回答我,把一个小村子指给我看,说着我们便走了进去。要塞门边,我看见一尊老旧的生铁大炮;街道狭窄而弯曲;房舍低矮,多数是草顶的。我叫把车子赶到司令那里,不一会儿,篷车停在一座小木屋前,它坐落在一处高地上,靠近教堂,教堂也是木头造的。

没人迎接我。我走进外屋,又推开前厅的门。一个受过伤的退役老兵,他坐在桌前,正把一块蓝色的补丁缝在一件绿色制服的肘拐上。我叫他为我通报。"进来吧,老爷,"这老兵回答道,"家里人都在。"我走进一间干干净净的小屋,按老派式样摆设的,屋角立着餐具柜;墙上挂着镶有镜框和玻璃的军官证书;镜框四边花花绿绿的是些民间木板画,画的是夺取基斯特林和奥恰可夫①,还有选新娘和猫的葬礼②。窗下坐着一位身穿棉坎肩的老太太,头上包着头巾。她正在捯线,一绺线正绷在一个穿制服的一只眼的老头儿手上。"请问贵干,老爷?"她问道,一边还在做自己的事。我回答说,是来任职的,理应来拜见上尉先生,一边说着,便转向那位一只眼的老头儿,我把他当作是司令官;然而女主人打断了我那倒背如流的语句。"伊凡·库兹米奇不在家,"她说,"他去盖拉西姆牧师家做客了;没关系,老爷,我是他家里的。请多多关照。请坐呀,老爷。"她喊来个丫头,让她

---

① 基斯特林,普鲁士要塞,1758 年曾被俄国军队包围;奥恰可夫,土耳其要塞,1737 年曾被俄国军队占领。
② 猫的葬礼,童话《老鼠给猫送葬》的插图,是当时最为流行的一幅讽刺性民间木板画。

去叫军士①来。那老头儿用一只眼睛好奇地观望我。"斗胆请问,"他说,"您是到哪个团里当差的呀?"我满足了他的好奇心。"斗胆请问,"他继续说,"您为啥从近卫军转到驻地来?"我回答说,这是由长官决定的。"大概是,做了跟近卫军官身份不配的不体面的事吧。"这位诲人不倦的询问者继续说。"别胡扯啦,"上尉太太对他说,"你看,年轻人一路上劳累了;他顾不上跟你……(手绷开点……)你,我的老爷,"她继续说,是对我说的,"别犯愁,别怕把你发配到我们这个偏僻的穷地方。你不是第一个,也不是末一个。忍一阵子,会喜欢这儿的。施瓦布林,亚力山大·伊凡内奇为杀人送到我们这儿,都五年啦。上帝知道,是什么鬼迷住了他;他呀,你瞧,跟一名中尉进城去,身上都带了剑,两人就互相刺杀起来了;亚力山大·伊凡内奇把个中尉就给刺死了,还当着两个见证人的面!你说该咋办?能人也难免犯罪孽哟。"

这时军士进屋来,他是个年轻挺拔的哥萨克。"马克西梅奇!"上尉太太对他说,"给军官先生安排个住处,要干净点的。""遵命,瓦西丽莎·叶戈罗芙娜,"军士回答说,"要不请老爷去伊凡·波列扎耶夫那儿住?""胡说,马克西梅奇,"上尉太太说,"波列扎耶夫那儿已经那么挤了;他可是我干亲家,也记得我们是他的上司。你把军官先生安排到……您的大名父名呢,我的老爷?彼得·安德烈依奇?……把彼得·安德烈依奇安排到谢苗·库佐夫那里。他这个骗子,把他的马放进我的菜园里。怎么样,马克西梅奇,平安无事吧?"

"全都,谢天谢地,安然无事,"哥萨克回答,"只有军曹普罗霍罗夫在澡堂子里跟乌斯金尼娅·涅古琳娜打过架,为一勺子开水。"

---

① 军士,哥萨克军队中的职务名称,相当于上等兵。

"伊凡·伊格纳季奇!"上尉太太对一只眼的老头儿说,"你去给普罗霍罗夫跟乌斯金尼娅评评理,看谁对谁错。两人都要处分的。哎,马克西梅奇,你去吧。彼得·安德烈依奇,马克西梅奇带您到您的住处去。"

我鞠躬告退,军士把我带到一处小屋里,位于高高的河岸上,在要塞的最边沿。半边屋子谢苗·库佐夫一家占用了,另一半分给我。

一间相当整洁的屋子,用板壁隔成两间。萨维里奇开始收拾屋子了;我从窄小的窗子里向外眺望。我面前是广阔无边的凄凉的草原。斜对面有几幢木屋,街上几只母鸡在闲荡。

一个老太婆站在带顶的门廊上,呼唤一头猪。那猪用友好的哼哼声回答她。我就命中注定了要在这样一个地方度过我的青春时光!我心中忧伤;我离开小窗去躺下,没吃晚饭,也不理睬萨维里奇的劝说,他伤心地一再说:"万能的上帝!啥也不要吃!要是孩子生了病,太太该怎么说哟?"

第二天清晨,我刚在穿衣服,门开了,一位年轻军官走进我屋里,他身材不高,黑黑的脸膛,真不漂亮,但是表情特别生动。"请原谅,"他对我讲法语,"我冒昧来访。昨天知道您来了;我多想到头来能看见一个像样的人的面孔,所以忍耐不住了,您在这儿再住上一些时,就会理解的。"我猜出,这就是那个因决斗被近卫军除名的军官。我们马上相识了。施瓦布林颇不愚蠢。他言词俏皮,生动诱人。他极有兴致地为我描述了司令一家人,他所交往的人,和命运把我带来的这块地方。当我正在真心地大笑着,那位退役老兵走进我屋里,就是在司令家前屋补制服的那一位,他以瓦西丽莎·叶戈罗芙娜的名义,请我去她家吃午饭。施瓦布林表示他要跟我一同去。

在靠近司令官房屋的地方,我们在广场上看见二十来个因伤病退役的老兵,拖着长辫子①,戴着三角帽。他们正排成队列,前面站着一位指挥官,一个高个子的精神饱满的老人,头戴尖顶帽,穿件中国布长衫②,他看见我们,便走过来,对我说了几句亲切的话,便又去指挥了。我们本要停下来观看操练;但他要我们去找瓦西丽莎·叶戈罗芙娜,答应随后就到。"这儿嘛,"他最后说一句,"你们没啥好看的。"

　　瓦西丽莎·叶戈罗芙娜既不拘礼节,又殷勤亲切地接待我们,她对我就像是多年的知交。那个老伤兵和帕拉什卡铺好了餐桌。"我的伊凡·库兹米奇今天干吗这么卖力呀!"司令太太说,"帕拉什卡,去喊老爷吃饭。玛莎她在哪儿呀?"说时走进来一位十七八岁的姑娘,圆圆的脸,面色绯红,淡褐色的头发梳拢到耳后,耳朵也羞红了。第一眼望见,我并不喜欢她。我是带着先入为主的成见在看她的:施瓦布林为我描写过玛莎,上尉的女儿,他说她是个彻头彻尾的傻丫头。玛丽娅·伊凡诺芙娜③在屋角里坐下,做起针线来。这时汤端来了。瓦西丽莎·叶戈罗芙娜没见丈夫回来,再次派帕拉什卡去喊他。"你给老爷说:客人们等着呢,汤都凉啦;谢天谢地,操不完的练;有他喊叫的时候的。"上尉马上就来了,由那个一只眼的小老头儿陪着。"这是咋回事儿,我的老爷?"妻子对他说,"饭早就摆好啦,可你总喊不来。""你听着,瓦西丽莎·叶戈罗芙娜,"伊凡·库兹米奇回答说,"我公务在身呀:我在练兵呢。"

　　"咳,得了吧!"上尉太太驳斥他,"说得好听,练兵呢。他们

---

① 长辫子,18世纪俄国军人均戴假发,发上撒粉(有时撒面粉),并在脑后结成长辫。
② 中国布长衫,一种用细棉布缝制的俄式长衫,这种布料最初是由中国运进俄国的。
③ 玛丽娅·伊凡诺芙娜,玛莎的本名和父名,俄国人习惯用本名和父名称呼人。

学不成个啥样儿,你也搞不出个啥名堂,你还是坐在家里祷告上帝吧,那还好一些。亲爱的客人们,请入席。"

我们坐下用餐。瓦西丽莎·叶戈罗芙娜一刻也不停嘴,问我好些话:我父母是谁,都健在吗,住哪儿,境况如何?听我说父亲拥有三百个农奴,她说:"这是容易来的吗?世上可真有财主哟!可我们家,我的老爷呀,总共只一个农奴,丫头帕拉什卡;不过谢天谢地,过得也凑合。就一件事糟糕:玛莎;该出嫁的姑娘,可她有点啥嫁妆呢?一把篦子,一把笤帚,还有三戈比的一文钱(上帝饶恕),只够进回澡堂子。要能找见个老好人,那就好;要不呀,一辈子坐在闺房里当老姑娘吧。"我朝玛丽娅·伊凡诺芙娜望一眼;她满脸通红,眼泪都滴进盘子里了。我怜惜她了,赶忙换一个话题。"我听说,"我说得真不是时候,"巴什基尔人正打算攻打你们的要塞呢。""请问您听谁说的,亲爱的?"伊凡·库兹米奇问。"在奥伦堡听人家说的。"我回答。"胡说八道!"司令官说,"我们这儿很久没听说过啥啦。巴什基尔人嘛——吓破了胆子的,而吉尔吉斯人也是受过教训的。恐怕是,不敢把头伸过来;要伸过来呀,我就给他这么一顿揍,叫他安分个十来年。""您不害怕吗,"我又说,是向着上尉太太,"留在老是这么危险的要塞里?""习惯啦,我的老爷,"她回答,"二十年前呀,我们刚从军团调这儿来,但愿别再有这种事,我多害怕这些该死的异教徒呀!那时候我一瞧那猞猁皮帽子,一听见他们的尖叫声,心就不跳啦!可现在习惯啦,有人来说,强盗在要塞旁边走动,我连腿都不抬。"

"瓦西丽莎·叶戈罗芙娜是一位非常勇敢的夫人,"施瓦布林认真地说道,"伊凡·库兹米奇可以作证。"

"是的,你听着,"伊凡·库兹米奇说,"这女人嘛可不是个胆小的。"

"那玛丽娅·伊凡诺芙娜呢?"我问,"也像您一样大胆?"

"玛莎大胆吗?"她母亲回答,"不,玛莎胆子小着呢。到如今还听不得枪声:吓得发抖呢。两年前,伊凡·库兹米奇异想天开地在我命名日放我们的大炮,她呀,我的心肝宝贝儿,吓得差点儿没到那个世界去。从那往后我们就不再放那该死的大炮啦。"

我们吃完饭。上尉和上尉太太去睡了;我上施瓦布林那儿,跟他度过了整个晚上。

第四章

好啦,请你摆好姿势别再动,
瞧吧,看我给你身上戳个洞!

　　　　　　克尼雅日宁①

  几个星期过去了,现在,白山要塞的生活我不仅可以忍受,甚至感到愉快。司令官家里待我如亲人一般。这夫妻二人都是最可尊敬的人。伊凡·库兹米奇是士兵出身,后来当上军官的,他是个没受过教育的普通人,但是极其正直和善良。他妻子事事管着他,这一点跟他凡事不操心的脾气倒也适合。瓦西丽莎·叶戈罗芙娜连公务上的事情也要过问,就像她管家务事一样,她把个要塞恰像自己那个小家一样管理着。玛丽娅·伊凡诺芙娜很快就跟我不再拘束。我们熟识了。我发现她是一个很懂事理而又富有感情的姑娘。不知不觉间我对这个善良的家庭已经依依不舍了,甚至对伊凡·伊格纳季奇这个一只眼的驻地中尉也很依恋,关于他,施瓦布林编造些闲话,说他似乎跟瓦西丽莎·叶戈罗芙娜有不正当关系,这话没一点真实的影子;但是施瓦布林并不为此而心中不安。

  我被升为军官。差事不重。在这个上帝保佑的要塞里,毋需巡查,无需操练,也无需站岗。司令随自己高兴有时也给他的士兵教点什么,可仍难做到让他们大家都晓得哪边是右,哪边是左。不过他们当中许多人,为求不搞错左右,每转一次弯之前,

---

① 引自克尼雅日宁的喜剧《怪人》(1790)。

都在身上画一回十字①。施瓦布林有几本法文书,我便读起书来,这引起了我的文学兴致。我每天早上读书,练习做翻译,有时候也写点诗。午饭几乎顿顿在司令家吃,一天余下的时间通常都在那儿度过。有时候晚上,盖拉西姆牧师跟他太太阿库琳娜·潘菲诺芙娜也来,这女人在邻近一带顶会搬弄是非。自然我每天都会跟亚·伊·施瓦布林见面;但是他的言谈逐渐让我感到不那么顺耳。他老是取笑司令家的人,这我很不高兴,尤其讨厌他对玛丽娅·伊凡诺芙娜所作的尖刻评论。要塞里没有其他人可以交往,而我也不想有其他交往。

尽管有过先前的流言,巴什基尔人并没有叛乱。我们要塞的四周安然无事,但是一次突如其来的争执打破了平静。

我说过我搞起了文学。我的试笔之作,在当时来说,是很不差的了,连亚力山大·彼得罗维奇·苏马罗科夫②几年之后对这些作品还大为称赞呢。一天,我写下一支短歌,自己很满意。大家知道,作家们时常借征求意见之名,寻求赏识他作品的知音。于是我把短歌抄清,拿去给施瓦布林看,在整个要塞里只有他还懂诗。在简短的几句开场白之后,我从衣袋里取出我的小本本,给他读了下面这首小诗:

> 我正在消除个爱的思虑,
> 要把个美人儿逐出心头。
> 唉呀呀,我在把玛莎躲避,
> 我希望能得到我的自由。
> 而那双俘虏了我的眼睛,

---

① "每转"二句,意为:求上帝保佑,不要迈错了脚。
② 亚·彼·苏马罗科夫(1718—1777),俄国古典主义诗人、剧作家。

无时不出现在我的面前；
是它们搅扰了我的灵魂，
它们也破坏了我的安闲。

你啊你，你知道我的不幸，
可怜我，玛莎啊，请可怜我；
你眼见我陷入悲苦命运，
只因为我已经被你俘获。①

"你觉得怎么样？"我问施瓦布林，等着他的赞美，这是我理所应得的。然而，让我大失所望的是，施瓦布林，他平素是并不苛求的，却断然宣称，我的这首诗写得不好。

"为什么说不好？"我问他，一边掩盖住自己的不满。

"因为嘛，"他回答，"这样的诗只有我的老师华西里·基里内奇·特列佳科夫斯基②才作得出，我觉得这非常像他写的一些爱情短歌。"

说着他便拿起我的小本本，开始不怀好意地评论每一行诗和每一个词，极其尖刻地嘲笑我。我受不了了，从他手中夺过小本子来，说从此永世不再给他看我的作品，施瓦布林对我的这个威胁也加以嘲笑。"咱们走着瞧吧，"他说，"看你做到做不到：诗人需要读者，就好像伊凡·库兹米奇午饭前需要一小瓶伏特加一样。而这个玛莎是谁？让你在她面前倾吐柔肠和爱情痛苦的，难道不是玛丽娅·伊凡诺芙娜吗？"

"与你无关，"我皱起眉头回答，"这个玛莎管她是谁呢。我

---

① 这首诗取自诺维科夫所编《新编俄国民间歌曲全集》，普希金略有改动。
② 华·基·特列佳科夫斯基(1703—1769)，俄国古典主义作家、翻译家。

既不要听你的意见,也不要你瞎猜。"

"啊唷!好一位自尊自爱的诗人和谦虚谨慎的情郎啊!"施瓦布林接着往下说,愈来愈让我激怒,"不过请你听一句朋友的劝告:假如你想得手,奉劝你别靠这些短歌子来起作用。"

"你这,先生,是什么意思?请你解释一下。"

"非常高兴。意思是,若是你想要玛莎·米罗诺娃晚上去找你,那么别写什么柔情诗,还是送她一副耳环吧。"

我的血液沸腾了。"你为什么这样看她?……"我问,很难抑制我的愤怒。

"因为嘛,"他面带阴险的恶笑回答说,"我凭经验知道她的秉性和习惯。"

"你撒谎,恶棍!"我发狂地喊叫,"你是在最最无耻地撒谎。"

施瓦布林脸色变了。"这事不能让你这样过去。"他紧紧抓住我的手说,"我要求跟你决斗。"

"请吧,随时奉陪!"我高兴地回答。在这一分钟里,我真想打他个稀巴烂。

我立即去找伊凡·伊格纳季奇,见他正手拿一根针:司令太太叫他把蘑菇用线穿起来,晾干冬天吃。"啊,彼得·安德烈伊奇!"他看见我便说,"欢迎您!什么风把您吹来啦?有何贵干?我斗胆请问。"我简短地向他说明,我跟亚力克赛·伊凡内奇争吵了,来求他——伊凡·伊格纳季奇当我的决斗证人。伊凡·伊格纳季奇仔细听我说完,睁大他唯一的一只眼睛瞪着我。"你是说,"他对我说,"说你要想把亚力克赛·伊凡内奇杀掉,想要我在场做个证明人?是这样?我斗胆请问。"

"一点不差。"

"哪能呢,彼得·安德烈依奇!您怎么想得出这个!您跟亚力克赛·伊凡内奇吵架啦?真糟糕!骂语留不长,何必挂心上。

他骂了您,您就回骂他两句;他打您的脸,您就回打他两三个耳光——就各自走开;我们再设法让你们和好。要不,把自己亲近的人杀掉,难道会是好事情?我斗胆请问。你要把他杀掉了,倒也罢了:上帝保佑他,保佑亚力克赛·伊凡内奇;我也不喜欢他。哎,要是他把你捅个窟窿呢?这像个啥?吃亏上当的是谁?我斗胆请问。"

头脑清醒的中尉这一番议论并没有使我动摇。我仍坚持原先的打算。"随您的便吧,"伊凡·伊格纳季奇说,"您认为咋好就咋办。可是干吗我要去当见证人?为了什么呢?两人打架;什么了不起的事?斗胆请问。谢天谢地,我跟瑞士人、土耳其人都打过仗:啥都见过啦。"

我尽力对他解释决斗证人要做的事情,可是伊凡·伊格纳季奇怎么也不明白我说的。"随您的便。"他说,"若是非要我参加这件事,那我就去找伊凡·库兹米奇,按职责向他报告,说要塞里有人策划做坏事,危害公家利益:请示司令先生,可否采取应有的办法……"

我害怕了,求伊凡·伊格纳季奇什么也别说给司令听;我硬是说服了他;他给我下了保证,我也就决定不再坚持要他当证人。

这天夜晚我像平时一样在司令家度过。我极力装得快活而安然,为的是不引起任何怀疑,也躲开令人厌烦的盘问;然而我承认,我并不具有那样的冷静,处在我这种情况下的人几乎总是自吹说他拥有这种优点的。这天晚上,我多情而善感。玛丽娅·伊凡诺芙娜比平时更让我喜欢。一想到可能这是我最后一次看见她,她在我眼中便更加动人。施瓦布林这时也来了。我把他叫到一边,告诉他我跟伊凡·伊格纳季奇的谈话。"咱们干吗要证人,"他干巴巴地对我说,"没证人也过得去。"我们便约好在干草垛子后面干,就在要塞旁边,明天早上七点钟上那里去。外表上看来,我们谈得很友好,所以,伊凡·伊格纳季奇快活地说漏了嘴。"早该这样啦,"他带着满意的表情对我说,"好吵不如赖和嘛,虽说失了面子,可是保住性命呀。"

"什么,什么,伊凡·伊格纳季奇?"司令太太说,她坐在屋角里用纸牌算命,"我没听清楚。"

伊凡·伊格纳季奇注意到我不满的表情,记起他的诺言,便窘起来了,不知如何回答,施瓦布林连忙过来帮助他。

"伊凡·伊格纳季奇,"他说,"称赞我们和好了。"

"可你是跟谁,我的老爷,吵架啦?"

"我跟彼得·安德烈依奇吵得可够凶的。"

"为什么吵呀?"

"为真正一丁点儿小事:为一支歌儿,瓦西丽莎·叶戈芙娜。"

"可找到为啥吵架的啦!为一支歌儿!……是怎么吵起来的呀?"

"是这么回事:彼得·安德烈依奇不久前编了支歌子,今天他当我面唱,可我却唱起我的一支心爱的歌子来:

> 上尉的女儿呀,你记住,
> 半夜三更可别出门去散步。①

我俩就争起来啦。彼得·安德烈依奇也生气了;可是后来想想,谁

---

① 普希金从伊凡·普拉奇所编的《俄国民歌集》中取来这两句,手稿中还用了下面两句:
　　当那天边的朝霞升起,
　　玛申卡她来到我这里。

都有唱歌的自由,谁想唱什么就唱什么,事情也就了结了。"

施瓦布林的厚颜无耻差点儿没让我发狂;但是除开我,谁也不懂他话中下流的含义,至少是,没人注意到这个。谈话从歌子转到写诗,司令官说,写诗的人都是些放荡的不可救药的酒鬼,他好心劝我别再写诗,这种事儿妨碍公务,也不会带来任何好结果。

施瓦布林在场让我不能忍受。我马上跟司令和他一家人告别;回到家里,我检查了我的剑,试试它的刃尖,再躺下睡觉,叫萨维里奇七点钟以前喊醒我。

第二天在约定时间,我已经站在干草垛后面,等着我的对手。他很快就来了。"人家会看见我们,"他对我说,"要赶快。"我们脱去制服,只穿坎肩①,都拔出了剑。而恰在这时从草垛后面突然出现了伊凡·伊格纳季奇和五个伤残老兵,他要我们去见司令。我们懊恼地服从了;几个兵把我们团团围住,我们跟在伊凡·伊格纳季奇身后,往要塞里走,他洋洋得意地带领着我们,步子迈得异常的庄重。

我们走进司令家。伊凡·伊格纳季奇推开门,庄严地通报一声:"带来啦!"迎我们而来的是瓦西丽莎·叶戈罗芙娜。"哎呀,我的老爷们,这像什么话!怎么?为啥?在我们要塞里搞谋杀!伊凡·库兹米奇,马上把他们抓起来!彼得·安德烈依奇!亚力克赛·伊凡内奇!把你们的剑交出来,交出来,交出来!帕拉什卡,把这些剑拿到下屋去。彼得·安德烈依奇!我可没料到你会有这一招。你不害臊吗?亚力克赛·伊凡内奇还好说:他为杀人都从近卫军里开除了,他连上帝也不信;可你怎么啦?也想往那条道儿上奔吗?"

---

① 坎肩,指一种无袖的上装,当时穿在西服上衣的里面,类似今日的西服背心。

伊凡·库兹米奇完全同意他老伴的意见,他说:"你听着,瓦西丽莎·叶戈罗芙娜说的是真话。军法法典里是明文规定禁止决斗的。"这时帕拉什卡已把我们的剑拿到下屋去了。我忍不住发笑。施瓦布林则保持一本正经的样子。"虽然我尊敬您,"他冷冷地对司令太太说,"但我还是不得不指出,您这样费神是徒劳无益的,您不必来审问我们。请把这事交给伊凡·库兹米奇办:这是他的事情。""哎呀!我的老爷!"司令太太驳斥他,"难道说丈夫跟妻子不是合一个灵魂,合一个肉体吗?伊凡·库兹米奇!你干吗愣着?马上把他们分头关起来,只给面包和水吃,让他们的傻劲儿缓过去;叫盖拉西姆牧师按教规惩罚他们,要他们求上帝宽恕,再当众悔过。"

伊凡·库兹米奇不知道该怎么办。玛丽娅·伊凡诺芙娜面色非常苍白。逐渐逐渐,风暴平息了,司令太太气消了,她要我们互相亲吻。帕拉什卡把我们的剑拿了回来。我们从司令家出来,表面上是和好了。伊凡·伊格纳季奇送我们出门。"你怎么不觉可耻呢?"我生气地对他说,"把我们要决斗的事报告司令,先还答应我不这么干的。""我敢发誓,我没给伊凡·库兹米奇说过,"他回答,"瓦西丽莎·叶戈罗芙娜从我这儿把事情都问出来了。她安排了一切,司令不知道。不过,谢天谢地,事情都了结啦。"说完这话,他转回屋去,施瓦布林和我单独在一起。"我们的事不能这样罢休。"我对他说。"当然啦,"施瓦布林回答,"您要用鲜血来为你的无礼向我偿还,但是他们一定会监视我们。我们必须装几天样子。再见!"我们便像没事儿似的分手了。

我又回到司令家,照惯例,去坐在玛丽娅·伊凡诺芙娜身旁。伊凡·库兹米奇不在家,瓦西丽莎·叶戈罗芙娜在忙家务。我俩低声交谈着。玛丽娅·伊凡诺芙娜脉脉含情地为她的惊吓责备我,这都是我跟施瓦布林的争执引起的。"我吓昏了,"她说,"听人家给我们说,你们要斗剑。男人们真怪!为一句话,过一个礼拜就一定会忘记了的话,他就愿意去动刀,不光是牺牲性命,还丢了良心,牺牲了有些人的幸福,那些人……可是我相信吵架不是你挑起的。一定是亚力克赛·伊凡内奇的不是。"

"为什么您这么想,玛丽娅·伊凡诺芙娜?"

"啊这个……他那么爱嘲弄人!我不喜欢亚力克赛·伊凡内奇。我好讨厌他;可是也怪,我怎么也不希望,他也同样地不喜欢我。这会叫我非常不安心的。"

"那您怎么想,玛丽娅·伊凡诺芙娜?他到底喜不喜欢您?"

玛丽娅·伊凡诺芙娜欲言又止,脸蛋儿绯红。"我好像觉得,"她说,"我想,是喜欢。"

"为什么您这样觉得?"

"因为他向我求过婚。"

"求过婚!他向您求过婚?什么时候?"

"去年。你到这儿的大约两个月前。"

"那您没答应嫁给他?"

"您不看见啦。亚力克赛·伊凡内奇,当然啦,是个聪明人,出身也好,也有财产;可我一想到,结婚时候得当着所有人的面跟他接吻……怎么也不行!再有怎么样的幸福也不行!"

玛丽娅·伊凡诺芙娜的话打开了我的眼睛,为我说明了许多事情。施瓦布林一向老是用一些尖刻的言词来攻击她,我现在知道个中缘由了。很可能,他是察觉到我们俩相互都喜欢接近,在想方设法分开我们。挑起我们争吵的那句话现在让我更觉得卑劣,我在其中发现的,不是粗暴的和不体面的嘲弄,而是蓄谋的诽谤。我心中涌起一种更为强烈的欲望,想要惩罚一下这个放肆的出言不逊者,于是,我焦急地等待一个适当的机会。

我没等多久。次日,我在写一首哀歌,牙齿咬着笔,在推敲一个韵脚,施瓦布林来敲我的窗子。我放下笔,拿起剑便出去找他。"何必拖延呢?"他对我说,"现在没人盯着。我们去河边。那儿谁也不会妨碍我们。"我们无言地向那里走去。沿一条陡峭的小路走下去,我们在河边停住,都拔出了剑。施瓦布林比我剑术好,但是我力气更大,也更勇敢。麦歇波普列曾经当过兵,他给我上过几次格斗课,现在我用上了。施瓦布林没料到我是这样一个危险的对手,很长时间我们彼此都不能让对方受一点伤;终于,我注意到施瓦布林逐渐抵挡不住了,我便充满活力地向他进攻,把他逼到小河边沿上。忽然我们听见有人大声喊我的名字。我回头一望,看见了萨维里奇,他正沿着陡峭的山坡小路向我奔来……恰在这时,我右肩下的胸部被狠狠刺了一剑;我倒下,失去了知觉。

第五章

爱情

啊,你,姑娘,美丽的姑娘!
你可别,姑娘,年轻轻就嫁出闺门
姑娘,你去求求你爹,你娘,
求求你爹你娘,求求你家族亲人;
姑娘:你可要积攒些聪明,
积攒些聪明啊,和一份嫁妆。

民歌①

找到个比我强的,你会忘掉我,
找到个比我差的,你会记起我。

同上②

等我恢复知觉,我好一阵子弄不明白,不知出了什么事。我躺在一间陌生房间里的一张床上,感到非常虚弱。萨维里奇站在床前,手举一根蜡烛。有个人正小心翼翼地解开缠住我胸部和肩部的绷带。渐渐地我的思想清晰了。我记起了自己的决斗,猜到我是受了伤。这时门嘎地一响。"怎么?他怎么样?"一声悄悄的话音,立刻使我颤抖。"还是老样子,"萨维里奇叹一口气回答,"还是昏迷不醒,都五天啦。"我想要翻个身,但是不行。"我在哪儿?谁在这儿?"我用力地说。玛丽娅·伊凡诺芙娜走到我床前,俯身向我。"怎么?你感觉怎么样?"她说。"谢天谢

---

① 选自普拉奇的《俄国民歌集》。
② 选自诺雅科夫的《新编俄国民歌全集》。

地!"我回答,声音很微弱,"是您吗,玛丽娅·伊凡诺芙娜?告诉我……"我无力再说下去,便停住了。萨维里奇啊地一声。他脸上显示着快乐。"醒过来啦!醒过来啦!"他连声说,"主啊,你真了不起!唉,彼得·安德烈依奇少爷呀!你可把我吓坏啦!容易吗?五天五夜!……"玛丽娅·伊凡诺芙娜打断他的话。"别跟他说太多,萨维里奇,"她说,"他还虚弱呢。"她走出去,轻轻把门带上。我心潮澎湃。原来,我是在司令家里,玛丽娅·伊凡诺芙娜常来看我。我想问萨维里奇几个问题,可是老头儿只是摇头,还把耳朵捂上。我气恼地合上眼,马上就沉睡过去。

醒过来时,我喊叫萨维里奇,我看见的不是他,而是玛丽娅·伊凡诺芙娜;她用天使般的声音向我问好。我无法形容那一刹那间充满心头的甜美。我抓住她的手,偎依在那只手上,满脸是感动的泪水。玛莎没有把手抽开……忽然她的双唇贴在我的面颊上,我感受到了那炽热而清新的吻。我全身被烈火燃遍。"亲爱的,好心肠的玛丽娅·伊凡诺芙娜,"我对她说,"做我的妻子吧,答应给我幸福吧。"她恍然醒悟。"看上帝分上,您安静点,"她从我手里抽回她的手,才说,"您还危险呢;伤口可能会裂开。您要保重自己,哪怕是为了我呢。"说完这话她就走开了。只留我一个人陶醉在狂喜中。幸福使我起死回生。她要成为我的人了!她爱我!这个思想充满了我整个的身心。

从这一刻起,我感到自己一小时比一小时更好。给我治伤的是团部的理发匠①,因为要塞里没有别的医生。谢天谢地,他并没有随意乱搞,我年轻,体质又好,这使我能更快地恢复健康。司令全家都在照料我。玛丽娅·伊凡诺芙娜一步也不离开我。

---

① 理发匠,那时的俄国,医生很少,尤其边远地区,民间一般疾病和外伤都由理发匠用土法医治。

当然,一旦有了方便的机会,我便继续我上次中断了的表白。玛丽娅·伊凡诺芙娜也更有耐心地听我讲完。她毫不矫揉造作,向我承认了她对我的爱,并且说,她父母当然会因她的幸福而高兴。"可是你好好想想,"她又说,"你父母那边会不会有障碍?"

我想了想。对母亲的慈爱我不必置疑,但是我了解父亲的脾气和想法,我感到我的爱情不会非常打动他,他会把这看成是年轻人一时的胡闹。我把这一点坦然地告诉了玛丽娅·伊凡诺芙娜,而我决定,给父亲写一封信,写得尽可能让他动心,请求他们给我双亲的祝福。我把信给玛丽娅·伊凡诺芙娜看,她认为写得很有说服力,也很能打动人,毫不怀疑它会成功。她满怀着爱和青春的坦诚,沉醉于自己心灵的一片柔情中。

我刚一复原,马上就跟施瓦布林言和了。伊凡·库兹米奇为决斗训了我一顿,他对我说:"哎,彼得·安德烈依奇!我本该把你抓起来,不过你就没那个也受够惩罚了。可亚力克赛·伊凡内奇还叫我给关在面包房里呢,他的剑叫瓦西丽莎·叶戈罗芙娜拿去藏起来了。他得回心转意,还要承认错误。"我太幸福了,心里容不下一种敌对的感情。我为施瓦布林求情,好心肠的司令取得他太太的同意,决定释放他。施瓦布林来见我;他为我们中间发生的事情深表遗憾,他承认全是他的错,请求忘掉过去。我生性不爱记仇,便由衷地原谅了他,不再计较我们间的争吵和他让我所受的伤。我认为,他的诽谤是由于自尊心受到损害,求爱遭到拒绝而感到的恼怒,我宽宏地原谅了我这个不幸的对手。

不久我便完全康复了,可以搬回我的住处去。我急不可耐地等待寄出的信有一个回答,我不敢有所期望,努力把不幸的预感压在心里。我还没跟瓦西丽莎·叶戈罗芙娜和她丈夫表明我的爱情;但是我的求婚不会令他们惊奇的。无论我或是玛丽娅·伊凡诺芙娜都不在他们面前设法隐瞒我们的感情,我们已事先确信,他们会同意的。

终于,一天早晨,萨维里奇走进我房里,手里拿着一封信。我一把抓住,心怦怦在跳。信上的地址是父亲的笔迹。这已向我表明有什么重大的事情,因为通常都是母亲写信给我,而他只在信末附笔写几行。我很久没有去打开封套,一遍又一遍地读着信封上那郑重其事的字迹:"奥伦堡省,白山要塞,吾子彼得·安德烈依奇·格里尼奥夫收。我极力想从笔迹上猜测到他写信时的情绪如何;最后我才决定拆开它,从第一行上就看出,事情都完蛋了。信的内容如下:

  彼得吾子!汝来禀请求给予双亲之祝福并同意汝与米罗诺夫之女玛丽娅·伊凡诺芙娜成婚,该信已于本月十五日收到。我既无意给予我之祝福与同意,且欲亲去汝处,就汝之放肆行为,给汝以教训,恰如教训顽童一般,汝虽身为军官,我在所不顾;因汝证明不配执有长剑。剑赐与汝,为捍卫家邦,岂为与此类顽劣之徒——汝亦身属其列——决斗之用。吾顷将致函安德烈·卡尔诺维奇,请求将汝调离白山要塞,派往更远之任何处所,以消汝之愚念。汝母闻汝曾与人斗殴,并悉汝受创,伤心致病,至今卧床不起。汝将成为何等之人?吾恳求上帝令汝改邪归正,然我今已无勇气企求上帝之宏恩。

父 阿·戈

读了这封信,我心中百感交集。父亲不惜使用许多严厉的言辞,这让我深觉受辱。他在提到玛丽娅·伊凡诺芙娜时那种轻蔑的态度,令我觉得既不恰当,也不公正。想到我将被调离白山要塞,我很骇怕,而最让我难过的是母亲生病的消息。我对萨维里奇发怒,我毫不怀疑,我决斗的事是他让父母亲知道的。我在那狭小的房间里踱步,正颜厉色地瞅他一眼,站在他面前,说:"看来,我因为你受了伤,整整一个月差点进棺材,这你还不满足:你还想把我娘也整死。"萨维里奇惊讶得像遭到雷击一般。"哪能呢,少爷。"他差点哭出声来。他对我说:"咋能这么说话呀!你受伤,是为我!老天有眼,是我跑上去用胸膛给你挡住亚力克赛·伊凡内奇的长剑的!我老啦,该死啦,碍事啦。可我又对你娘做了啥呢?""你做了什么?"我回答说,"谁叫你写信告我的状啦?你难道是派来偷偷监视我的吗?""我?写信告你的状?"萨维里奇两眼挂着泪回答,"老天爷在上!那就请您念一念,老爷给我写些啥:再瞧瞧,我咋的告你状啦。"说着他从衣袋里抽出一封信,我读到下面的话:

> 你这只老狗,不知羞耻,竟敢置我严厉的命令于不顾,不向我报告我儿子彼得·安德烈依奇的事,使我不得不从旁打听,才知道他的胡闹。你就是如此尽你的职责和为老爷办事的吗?为惩罚你向我隐瞒真情,并纵使年轻人胡作非为,我要叫你去放猪。收到此信后,我命令你立即禀告,他现在身体如何,有人写信给我说,他已经康复;他到底伤在何处,治疗可佳。

显然,萨维里奇在我面前是有理的,我白白地侮辱了他,又是谴责,又是怀疑。我求他原谅;但是老头儿想不通。"瞧我活到啥个分上啦,"他一再说,"我干了一辈子,到头来从我主人那里得到个啥好处!我现在又是老狗,又是放猪的,还是我把你弄受伤的呢!不对啊,彼得·安德烈依奇少爷呀!不是我——是那个该死的麦歇,都是他的错:是他教你拿着铁扦子戳呀戳的,好像靠一戳一蹦就能防坏人似的!多余地花钱,去雇上个麦歇!"

然而,是谁多操心把我的行为报告给我父亲的?将军吗?可他似乎不那么关心我;伊凡·库兹米奇也并不认为有必要向上级报告我决斗的事,我猜来猜去猜不着。我怀疑到了施瓦布林。告密只对他一个人有好处,好让我远离要塞,并切断我跟司令一家的联系。我去把一切告诉玛丽娅·伊凡诺芙娜。她在门廊上迎接我。"您怎么啦?"她一看见我就说,"您脸色多么苍白!""全完啦!"我回答,把父亲的信交给她。她的脸色也发白了。她把信还给我时,手在颤抖,说话的声音也在颤抖:"看起来,我命不好……您父母不愿意我进您家的门。听凭天意吧!上帝比我们都清楚应该怎么办。没法子,彼得·安德烈依奇,只要您能幸福,就……""这不可能!"我抓住她的手喊起来,"你爱我,我准备对付一切。我们去,跪在你父母面前;他们是纯朴的人,心不硬,人不傲……他们会给我们祝福的;我们结婚……过些时,我相信,我们去求我父亲;母亲会站在我们一边;他也会原谅我们的……""不,彼得·安德烈依奇,"玛莎回答,"你父母不祝福我们,我不嫁给你。没有他们的祝福你不会幸福的。顺从上帝的意旨吧。你以后若是找到个愿意嫁你的姑娘,你若是爱上了另一个——上帝保佑你,彼得·安德烈依奇,我为你们俩……"说到这里,她哭出声来,从我身边走开;我本想跟她走进屋里,但我感到我无力自制,便回到自己住处去。

我坐着,陷入深深的沉思,忽然萨维里奇打断我的思索。"你看,少爷,"他说着,递给我一张写满字的纸,"你看看,我是不是告密过自己的老爷,是不是想方设法在挑拨父子俩吵架。"我接过他手中的纸:是萨维里奇的回信。我把这封信一字不差地抄下来：

> 安德烈·彼得罗维奇老爷，我们仁慈的恩人！
>
> 收到您宽宏的来信，信里对我，您的奴才，发脾气，我没有照老爷的吩咐行事，感到惭愧——可是我不是一条老狗，而是您忠实的奴仆，我听老爷的吩咐，永远一心为您效力，直到白发满头。彼得·安德烈依奇受伤的事我没有写信报告您，是为了不使您白受虚惊，我听说，我们的主母阿芙朵吉·瓦西里叶芙娜太太也受惊病倒，我要为她的健康祷告上帝。彼得·安德烈依奇伤在右肩下，胸部，紧贴骨头，有一寸半深，他躺在司令官家中，我们从河岸边把他送到那里，由此地理发师斯捷潘·帕纳莫诺夫医治；现在彼得·安德烈依奇，谢天谢地，已经恢复健康，关于他，没有任何不好的情况报告。长官们，我听说，对他都很满意；瓦西丽莎·叶戈罗芙娜待他像亲生儿子一样。他发生这场意外，对于年轻人，可不必深究，马儿四条腿，也有失蹄时。您信中说，要送我去放猪，那听随老爷您吩咐。谨此致以奴才的鞠躬。
>
> 　　　　您的忠实的奴仆
> 　　　　阿尔希普·萨维里奇

读着这位善良老人所写的信，我忍不住笑了好几回。我还没气力给父亲写回信，而为使母亲安心，萨维里奇的信我觉得已经够了。

从这时起，我的处境发生了变化。玛丽娅·伊凡诺芙娜跟我几乎不讲话，还千方百计躲避我。司令家开始让我觉得难受。渐渐地，我习惯于独自坐在自己屋子里。瓦西丽莎开头还为这个责备我，可是看我很固执，也就不去管我了。跟伊凡·库兹米奇我只在公务需要时才见面,跟施瓦布林碰见的时候很少,也很不情愿,因为我发觉他暗中对我不怀好意,这也让我在心中肯定了我的怀疑。我的生活变得难以忍受。我陷入阴沉的思虑,孤独和无所事事则使我思虑更深。我的爱情在我独自幽居中如火一般在心头燃烧,它愈来愈变得让我非常痛苦。我不再喜欢读书和搞文学。我精神颓丧,我怕我会发疯,要不就会放浪形骸。而一件突如其来的,对我的一生有重大影响的事情忽然发生,它强烈却有益地震撼了我的心灵。

第六章
普加乔夫暴动

你们啊,年轻孩子们,你们听着,
听我们,老头儿们,讲的这番话。

一首歌①

在描述这些我亲眼所见的奇遇之前,我必须略谈一谈1773年底,奥伦堡省所处的境况。

在这个广袤而富庶的省份里,有许多半开化的民族,他们只是在不久前才承认俄罗斯君王的统治。他们时有叛乱,不习惯守法和过平民生活。他们轻举妄动,且生性残暴,使得政府方面必须时刻不停地监视,以迫使他们听命。官方在认为合适的许多地方,都建造了要塞,大部分都驻扎着哥萨克,他们是定居在亚伊克河两岸的。亚伊克河的哥萨克虽然本该维护这一地区的平静与安全,但从某一时期开始,他们自己都成了政府眼中不安分的危险臣民。1772年,他们居住的主要城镇发生叛乱。原因是特拉本别尔格少将为使军队听命所采取的严厉措施。结果,特拉本别尔格遭到残酷杀害,管理制度被任意改变,最后是用霰弹和酷刑平息了叛乱。

这事发生在我到白山要塞之前不久。现在一切都已平静。或者表面看来如此,当局对那些狡猾的叛乱者所作的虚假悔过过于轻信,这些人则暗中怀恨,等待时机,以再次作乱。

现在来讲我的故事。

---

① 取自诺维科夫的《新编俄国民歌全集》,原作是歌颂伊凡雷帝的。

一天傍晚(这是1773年10月初),我独坐房中,静听秋风呼号,看窗外朵朵乌云从月亮旁边飘过。司令派人来喊我。我当即前去。在司令家中,我见到施瓦布林、伊凡·伊格纳季奇和那个哥萨克军士。房间里没有瓦西丽莎·叶戈罗芙娜,也没有玛丽娅·伊凡诺芙娜。司令面带忧虑地跟我问好。他插上门闩,让大家坐下,只留军士一人站在门边,再从衣袋中掏出一张纸来,对我们说:"诸位军官先生,重要消息!请听将军来信。"说罢他戴上眼镜,读出下文:

致白山要塞司令官上尉米罗诺夫先生。

密　件。

兹通知阁下,越狱逃跑之顿河哥萨克,分裂派教徒叶米良·普加乔夫,斗胆包天,竟僭冒先皇彼得三世之名,聚集匪帮,于亚伊克河一带村庄中进行骚乱,已占领并摧毁几座要塞,到处抢劫屠杀。为此,收到此件后,望您,上尉先生,立即采取必要措施,击退此恶徒与僭逆,若该犯进攻您所掌管之要塞,相机彻底消灭之。

"'立即采取必要措施!'"司令摘下眼镜,放下那张纸说,"你听听,说得轻巧。这恶棍,显然,是很强大的;而我们一共一百三十个人,哥萨克不算,他们靠不住,这话不是对你说的,马克西梅奇(军士笑了笑)。可是没办法,军官先生们!请务必留神,白天加岗,夜里添哨;一旦来犯,就关紧塞门,把士兵带出去。你,马克西梅奇,把你那些哥萨克们看牢靠。大炮要检查一遍,好好擦一擦。顶重要的是,要悄悄干,让要塞里谁也别事先晓得。"

作完这些吩咐,伊凡·库兹米奇放我们走了。我跟施瓦布林一同出门,一边交谈着刚才听到的话。"你怎么想,结果会怎样?"我问他。"不知道,"他回答,"走着瞧吧,暂且还看不出有什么大不了的事儿。假如说……"说到这里,他若有所思,漫不经心地用口哨吹起一支法国咏叹调。

尽管我们作了一切预防,普加乔夫出现的消息仍传遍要塞。伊凡·库兹米奇虽然非常敬重自己的太太,但他无论怎样也不肯把职务上托付给他的机密告诉她。收到将军来函时,他颇施一番手段,把瓦西丽莎·叶戈罗芙娜打发出去。对她说,似乎盖拉西姆牧师从奥伦堡得到些什么惊人的消息,他极其隐秘,不让人知道。瓦西丽莎·叶戈罗芙娜当即想到要去牧师妻子那儿做客,伊凡·库兹米奇建议她带上玛莎,免得她一人在家闷得慌。

伊凡·库兹米奇可以全权作主了,他立刻派人去找我们,帕拉什卡则被他关在下屋里,以免她偷听我们的谈话。

瓦西丽莎·叶戈罗芙娜从牧师太太那里什么也没打听到,回到家里,知道她不在家时伊凡·库兹米奇召开过会议,而且帕拉什卡被锁了起来,她猜想自己是被丈夫欺骗了,便去兴师问罪。然而伊凡·库兹米奇对进攻早有准备。他毫无窘色,泰然回答他好奇的老伴说:"你听着,老太太,我们的一些婆娘想着用麦秸生炉子,可这会闯祸的呀,我就下了一道严厉的命令,今后不准婆娘们用麦秸生炉子,只准用小树条和干树枝。""可你干吗要把帕拉什卡锁起来?"司令太太问。伊凡·库兹米奇没想到会有这个问题,他惊慌失措,咕咕哝哝说了些很笨拙的话。瓦西丽莎·叶戈罗芙娜看出她丈夫在捣鬼;但是她知道,从他嘴里问不出什么来,就不再问了,谈起腌黄瓜来,说阿库琳娜·潘菲诺芙娜腌起来,办法全然与众不同。瓦西丽莎·叶戈罗芙娜彻夜难眠,她怎样也猜不出,丈夫脑袋里装着些什么,怎么连她都不让知道。

第二天,作完日祷①回来,她看见伊凡·伊格纳季奇正在从炮筒里把孩子们塞进去的破布、芦苇、木片、羊拐子骨头②和各种各样的东西掏出来。"做这些打仗的准备是啥意思?"司令太太想,"是不是吉尔吉斯人要来攻打啦?可是未必为这些扯淡事儿,伊凡·库兹米奇都瞒起我来啦?"她把伊凡·伊格纳季奇喊过来,坚决要从他嘴里探出秘密来,她的女人家的好奇心憋得实在难受。

瓦西丽莎·叶戈罗芙娜先跟他谈了些家务上的话,好像一个法官,先问些不相干的问题来开始侦讯,放松被问者的警惕心。然后,几分钟里没说话,她再深深叹一口气,一边摇着头,说:"我的老天爷!你瞧,多重要的消息呀!事情会咋样呢?"

"这,主母呀!"伊凡·伊格纳季奇回答说,"上帝仁慈:咱们的兵够用的,火药也不少,大炮我擦干净啦。兴许能顶得住普加乔夫。上帝不肯喂食,猪就吃不上呀!"

"这个普加乔夫是个什么人?"司令太太问。

这时候伊凡·伊格纳季奇才发现,自己说漏了嘴,便把舌头咬住。可是来不及啦。瓦西丽莎·叶戈罗芙娜迫使他只好把一切都讲了出来,先向他保证不去对任何人说。

瓦西丽莎·叶戈罗芙娜遵守了她的诺言,给谁也没说一个字,除了牧师的老婆,这也是因为,她的奶牛还在草场上呢,别给恶徒们抓了去。

马上人人都在谈论普加乔夫了。有各式各样的说法。司令派那个军士去邻近各村和要塞好好价把事情全都侦察一番。军士两天后回来,他说,在离要塞大约六十里外的草原上,看见许

---

① 日祷,东正教徒每日午前所作的祷告。
② 羊拐子骨头,一种用羊骨做的农村儿童的抛掷玩具。

多火光,又听巴什基尔人说,有一支来历不明的队伍,不过他说不出任何确实的情况来,因为他不敢走得更远。

要塞里的哥萨克人之间显然有着异乎寻常的波动;他们在各条街道上一群群聚集,悄悄交谈几句,要是看见政府的龙骑兵或是卫戍部队的士兵,便各自散开。派了些探子到他们里边去,一个受过正教洗礼的卡尔梅克人尤莱向司令作了个重要的密告。尤莱说,军士所说的情况都是假的,因为,回来后,这个狡猾的哥萨克向他的同伴说,他去过叛乱分子那里,亲自去见过他们的带头人,这人让他吻过自己的手,还跟他谈了很久的话。司令马上把军士押起来,让尤莱顶他的位置。哥萨克们听到这个消息,明显地不满。他们大声抱怨,伊凡·伊格纳季奇去执行司令的吩咐,他亲耳听见:"你也会这样的,老鼠卫戍兵!"司令想在当天审问被捕者;但是这个军士逃跑了,大约是在他同谋者们的帮助下。

这种新情况使司令更加不安。抓住一个巴什基尔人,身上带着鼓动叛乱的传单。这时,司令又想召集自己的军官开会,为此又想要找个堂皇的借口把瓦西丽莎·叶戈罗芙娜撵走。但是,伊凡·库兹米奇是一个心胸最直、最实在的人,除了前次用过一回的办法外,他找不到另外的办法。

"你听着,瓦西丽莎·叶戈罗芙娜,"他一边咳嗽着一边对她说,"盖拉西姆牧师,人家说,从城里……""谎话说够啦,伊凡·库兹米奇。"司令太太打断了他,"你,大概是,想要开个会,我不在场,好谈叶米良·普加乔夫的事儿吧;这回你可办不到啦!"伊凡·库兹米奇眼睛瞪得突出来。"哎呀,老娘儿们!"他说,"既然你全知道了,那么,好啦,你留下;我们就当你面商量。""这就对啦,我的老爷子,"她回答说,"要狡猾你还不够格呢,派人去找军官们吧。"

我们又集合了。伊凡·库兹米奇当妻子的面给我们读了普加乔夫的召降书,不知是哪个粗通文墨的哥萨克写的。这强盗宣称,他打算立即进攻我们的要塞;要求哥萨克们和士兵们入他的伙,奉劝司令官们不要抵抗,否则,威胁说将处以死刑。召降书措词粗暴,但却有力,普通老百姓听了,一定会在头脑里造成可怕的印象。

"好一个痞子!"司令太太一声喊,"他还竟敢向我们提条件!要我们去迎接他,把我们放在他脚跟前!哎呀,他个狗娘养的!我们干了四十年啦,谢天谢地,啥都见识过,他咋的不知道?"

"好像是,也许不会吧,"伊凡·库兹米奇回答说,"可是听人说,这恶棍已经占了好些要塞啦。"

"明摆着,他的确很强大。"施瓦布林指出。

"咱们这就能知道他到底有多强,"司令说,"瓦西丽莎·叶戈罗芙娜,给我仓库的钥匙。伊凡·伊格纳季奇,去把巴什基尔人带来,再叫尤莱拿根鞭子来。"

"等会儿,伊凡·库兹米奇。"司令太太说,一边站起来,"让我把玛莎带到屋子外面什么地方去;要不她听见叫喊,会吓坏的。我也是,说真话,不爱看拷问。祝你们留在这儿平安无事吧!"

古时候,审讯中都要拷打,这种做法已根深蒂固,废除拷打的善良命令长久不能生效。人们认为,彻底揭露罪犯,必须他本人的招供,这种想法不仅没有根据,而且与健全的司法观念完全相抵触,因为,假如说受审者的否认,不能证明他无罪,那么,他的承认,就更不应该成为他有罪的证据。甚至在今天,我偶尔还听见一些年老的法官说,他们为废除这野蛮的习惯而遗憾。而在我们那个时代,没有人怀疑拷打的必要性,法官和被审问者都不怀疑。因此,对司令的吩咐我们谁也不觉奇怪,谁也不为此不安。伊凡·伊格纳季奇去提那个巴什基尔人了，他被锁在仓库里，钥匙由司令太太掌管，几分钟后，犯人被带到前厅。司令命令带他到自己跟前。

巴什基尔人艰难地跨过门槛（他带着木镣①），他摘下高高的帽子，站在门边。我望了他一眼，立刻浑身打一个寒颤。谁也忘不掉这个人。他看来有七十岁上下，没鼻子，没耳朵，头剃得精光；在该有胡须的地方长出几根白毛来；他身材矮小，又瘦又驼；但是他一双小小的眼睛中仍在闪耀着火光。"哎嗨！"司令说，他从这人那可怕的特征上认出，他就是1741年受过刑的暴乱者之一。"啊，你呀，看得出，是一只老狼，逮住过不止一回啦。你，或许，不是头一回造反了吧；瞧你的脑袋剃得这么光。走近点儿，你说，谁派你来的？"

老巴什基尔人一声不响，用一副全然无所思虑的模样望着司令官。"你干吗不吭声？"伊凡·库兹米奇接着说，"可是一句俄国话的别尔梅思②的不懂？尤莱，用你们的话问他，是谁派他到我们要塞里来的？"

尤莱用鞑靼话把伊凡·库兹米奇的问题重说一遍。然而巴什基尔人依然用那同一种表情望着他，不回答一句话。

"雅克西③。"司令说，"你要给我开口说话的。伙伴们！剥下他的混账花条长袍子，抽打他的脊梁。你留意，尤莱：好好价给他一顿揍。"

两个残废老兵来脱巴什基尔人的衣服。这不幸的人脸上显露出惊惶。他四面张望，好像一只被孩子们捉住的小野兽。当

---

① 木镣，一种木制的刑具，在两块木板上掏洞，将两脚锁入。
② 别尔梅思，鞑靼语的俄语发音，意为"完全，一点儿"。
③ 雅克西，鞑靼语的俄语发音，意为"好的"。

一个老兵抓起他的双手,放在自己头颈旁,再把这老头扛上肩膀,而尤莱抓起鞭子挥舞的时候,这巴什基尔人用一种微弱的、恳求的声音呻吟着,他摇着脑袋,张大着嘴,嘴里晃动着的不是舌头,而是一小截舌头的残根。

每当我想起,这是发生在我那个时候,而我如今已活到了亚历山大皇帝仁爱统治的时代,我不禁对教化的迅速成就和仁爱规律的传播感到惊奇。年轻人啊,假如我记下的这些有一天落在你手中,你会想到,最良好的最牢固的改革是由于改善风俗而来,不带有任何暴力的震撼。

人人都震惊了。"喏,"司令说,"看来我们从他嘴里是问不出什么了。尤莱,把这个巴什基尔人带回仓库去,我们,诸位先生,还有事要商量。"

我们讨论我们的处境,忽然瓦西丽莎·叶戈罗芙娜走进屋里,一边喘着气,神色十分的惊恐。

"你怎么啦?"司令惊异地问。

"老爷儿们呀,糟啦!"瓦西丽莎·叶戈罗芙娜回答说,"今天早晨下湖要塞让人给占啦。盖拉西姆牧师的帮工才从那儿回来。他看见被占的。司令跟所有的军官都给吊死啦。所有士兵都当了俘虏。瞧着吧,恶徒们就要上这儿来啦。"

突如其来的消息让我大吃一惊。下湖要塞的司令是一个温文尔雅的年轻人,我认识他:两个月前他离开奥伦堡,跟他年轻妻子一道,在伊凡·库兹米奇这儿路过,作了停留。下湖要塞离我们的要塞有大约二十五里。马上我们也该面临普加乔夫的进犯了。我生动地想象着玛丽娅·伊凡诺芙娜的命运,我的心都僵住了。

"您听我说,伊凡·库兹米奇!"我对司令说,"我们的职责是守卫要塞到我们最后一口气,关于这一点,什么话也不必说。但是必须考虑到妇女们的安全。把她们送到奥伦堡去,如果路还通的话。或者把她们送到一个更远些、也更可靠些的要塞去。恶徒们或许来不及到达那里。"

伊凡·库兹米奇转身向着妻子,对她说:"你听见啦,确实,在我们没把暴乱分子制服住以前,要不要把你们送到更远点的地方去?"

"唉,说空话!"司令太太说,"哪有这么个枪子儿飞不到的要塞呀?白山哪点儿靠不住?谢天谢地,在这儿住了二十二年啦,巴什基尔人,吉尔吉斯人,都见过,或许也能挺得过普加乔夫的!"

"喏,老娘儿们,"伊凡·库兹米奇反问她,"那你就留下吧,要是你信得过要塞的话。可是我们拿玛莎怎么办?若是挺住了,或是等来了援军,那就好;喏,若是恶徒们占领了要塞呢?"

"唉!那时候嘛……"这时瓦西丽莎·叶戈罗芙娜说不下去了,她沉默不语,表情非常地焦急。

"不,瓦西丽莎·叶戈罗芙娜,"司令没想到他的话起了作用,在他这一辈子里或许这是第一次,他继续说,"玛莎不宜于留在这里。送她到奥伦堡她教母那儿去:那儿军队、大炮有的是,墙也是石头砌的。还有,我也劝你跟她一块去那儿;别看你是个老太婆,瞧着吧,瞧你会怎么样,若是他们攻占了堡垒。"

"好吧,"司令太太说,"就这么办,咱把玛莎送走。可我,你就做梦也别提:我不走。我干吗老都老了还跟你分开,去他乡异地找个孤单的坟墓。活在一块儿,死也在一块儿。"

"这也好吧,"司令说,"喏,何必拖延。去给玛莎收拾上路吧。明天一早叫她走,派人护送她,尽管多余的人我们也没有。玛莎这会儿在哪里?"

"在盖拉西姆家,"司令太太回答说,"她头发晕,听说下湖要塞被占领了；我怕她要病倒了。主啊，我们活到什么地步啦！"

瓦西丽莎·叶戈罗芙娜去忙女儿出发的事。司令这边还继续在谈话；而我已经不参加了，我什么也听不进。晚饭前玛丽娅·伊凡诺芙娜露面了，面色苍白，满脸是泪。我们一声不响地吃晚饭，比平时散得更早；跟全家人告别后，便各自回住处去。可我故意把剑忘记拿，又回头来取：我预感会单独见到玛丽娅·伊凡诺芙娜。的确，她在门边迎我，把剑递给我。"别了，彼得·安德烈依奇！"她含着泪对我说，"他们要把我送到奥伦堡去。祝您平安、幸福。或许老天爷会让我们再见面；若不是……"说到这里，她痛哭起来。我把她拥抱在怀里。"别了，我的天使呀，"我说，"别了，我亲爱的，我的心上人！无论我怎么样，请相信，我最后想到的是你，我最后的祈祷是为你！"玛莎号啕着，伏在我的胸前。我热烈地吻了她，才急忙从屋里出来。

第七章

进 攻

我的头儿呀,亲爱的头儿,
我的忠心耿耿的头儿!
我亲爱的头儿忠心耿耿,
足足干了三十又三年,
唉!头儿为自己呀,
没挣来钱财,没挣来快乐,
没挣来一句好听话,
也没挣来个大官儿做;
忠心耿耿的头儿只挣来呀,
两根高高的柱子,
一根枫木的横梁,
和一条丝织的绳索呀。

民歌

　　这一夜我没睡觉,也没脱衣服。我打算天一亮就去要塞大门口,玛丽娅·伊凡诺芙娜要从那儿出去,我要在那儿和她作最后的告别。我感到自己身上发生了巨大的变化:我灵魂的激荡对于我,比起不久之前我仍沉溺其中的苦闷来,要容易承受得多。朦胧但却甜美的希望、对危险的急切的期待,以及高尚的荣誉感与离别的忧伤在我心中融汇为一。一个夜晚不知不觉过去了。我正要出去,我的房门打开了,一个军曹来报告说,我们的哥萨克夜间都离开了要塞,还劫走了尤莱,要塞四周正游动着一些来历不明的人。想到玛丽娅·伊凡诺芙娜会来不及走脱,我吓坏了;匆匆给军曹几句训示,立即奔向司令家。

天已经亮了。我正在街上飞奔,听到有人呼唤我。我停下来。"您去哪儿?"伊凡·伊格纳季奇追上来说,"伊凡·库兹米奇在要塞围墙上,派我来找您。普加乔夫来啦。""玛丽娅·伊凡诺芙娜走了吗?"我忐忑地问。"没来得及。"伊凡·伊格纳季奇回答,"通奥伦堡的路断啦;要塞被包围了。事情不好啦,彼得·安德烈依奇!"

我们走上围墙,那是天然形成的高地,再围了木桩,以增强防卫。全要塞的人都聚集在那里。卫戍兵执枪站立着。头天夜晚已经把大炮拖了上去。司令在他人数稀少的队列前来回踱步。危险的临近使这位老战士精神焕发,充满非凡的勇气。草原上,距要塞不远的地方,有二十来个人骑马走动着。他们好像是哥萨克,其中有巴什基尔人,从他们的猞猁皮帽子和皮囊上可以认出来。司令巡视了自己的队伍,他对士兵说:"喏,孩子们,我们今天来捍卫女皇国母①,我们要让全世界看见,我们是勇敢的,是宣过誓的!"士兵们高声表示着忠诚。施瓦布林站在我身边,两眼定定地注视着敌人。散布在草原上的人注意到要塞里的动静,聚成一小群,开始在商量着。司令命令伊凡·伊格纳季奇用大炮对准他们,亲自点燃导火绳。炮弹呼啸而过,飞越他们的头顶,一点也没伤着。骑马的人们散开了,立即奔驰而去,草原上空无一人。

这时瓦西丽莎·叶戈罗芙娜来到围墙上,玛莎也跟着来了,她不愿意离开母亲一个人留下。"喏,怎么?"司令太太说,"打得怎么样?敌人在哪里呀?""敌人并不远,"伊凡·库兹米奇回答说,"上帝有安排,一切都会好的。怎么,玛莎,你怕吗?""不,爸

---

① 女皇国母,指叶卡捷琳娜二世,1762—1796 年在位。

爸,"玛丽娅·伊凡诺芙娜回答,"一个人在家里更怕。"说着她瞧我一眼,勉强笑一笑。我不觉紧握住我的剑柄,我想起,它是昨夜从她手里接过的,似乎我是在捍卫着我心爱的人儿。我的心在燃烧。我想象自己是她的骑士。我渴望证明我是值得她信任的,我焦急地期待着决定性的分秒。

这时,从距离要塞半里远的高地那边,又出现一群骑马的人,立刻草原上便散布着许许多多人,他们的武器是长矛和箭。其中有一个身穿红色长袍骑一匹白马的人,手执出鞘的军刀,这就是普加乔夫本人。他停住不动,人们围绕着他,显然是奉了他的命令,有四个人走出来,全速奔驰到要塞墙下。我们认出那些都是我们这边的叛徒。其中一个拿一张纸举到帽子下面,另一个长矛上挑着尤莱的人头,他把这颗头抖了抖,越过木栏甩向我们。可怜的卡尔梅克人的脑袋就落在司令的脚边。叛徒们高声喊叫着:"不许开枪,出来见皇上。皇上在这里!"

"瞧我来揍你们!"伊凡·库兹米奇大喝一声。"孩子们! 开枪!"我们的士兵一齐射击。那个手里拿信的哥萨克晃了晃身子,从马背上倒下来;其余的人逃跑了。我朝玛丽娅·伊凡诺芙娜望了一眼。尤莱的血淋淋的头上那副面容把她吓呆了,齐放的排枪声震耳欲聋,她好像已经失去知觉。司令叫来一个军曹,让他从打死的哥萨克手中把那张纸取来。军曹走进田野又回来,还牵回了那个死者的马。他把信交给了司令。伊凡·库兹米奇低声读了信,把它撕成碎片。这时叛乱分子显然在准备行动。马上枪弹便开始在我们耳边呼啸,有几支箭射在我们近旁的泥地上和围栏上。"瓦西丽莎·叶戈罗芙娜!"司令说,"这不是女人家的事,把玛莎带走,你瞧,丫头都半死不活啦。"

瓦西丽莎·叶戈罗芙娜在枪弹横飞下变得驯顺了,她朝草原望一眼,那里显然正在大肆调遣;她转向丈夫,对他说:"伊凡·库兹米奇,生死由天了:你给玛莎祝福吧。玛莎,到父亲跟前来。"

玛莎脸色惨白,浑身发抖,走向伊凡·库兹米奇,双膝跪倒,向他叩头点地。老司令官对她画了三次十字;然后扶她起来,吻她,对她说话,声音都变了:"喏,玛莎,祝你幸福。祷告上帝吧:上帝不会抛弃你。若是找到个好人,愿上帝让你们相亲相爱。你们要像我跟瓦西丽莎·叶戈罗芙娜一样过活。好啦,再见吧,玛莎。瓦西丽莎·叶戈罗芙娜,快把她带走。"(玛莎扑在他头颈上失声痛哭。)"我们俩也接个吻吧,"司令太太哭起来,她说,"再见了,我的伊凡·库兹米奇。别记恨我,若是我哪里惹恼过你!""再见啦,再见啦,老太太!"司令说,拥抱着他的老太婆,"喏,够了!走开吧,回家去,若是来得及,给玛莎换件长外衣。"司令太太跟女儿走远了。我的目光尾随着玛莎·伊凡诺芙娜而去;她回眸一望,向我点一点头。这时伊凡·库兹米奇转向我们,他全部心神都集中在敌人身上。叛乱者们在自己首领的周围走动着,忽然间,他们都下了马。"现在要稳住,"司令说,"要进攻啦……"顿时响起一声可怕的尖叫和一阵阵呼喊;叛乱者向要塞奔跑而来。我们的大炮都是装满霰弹的。司令让敌人到达最近的距离,突然再次开炮。霰弹击中人群正中央。叛乱者们闪向两边,向后退却了。他们的首领独自一人停留在前方……他挥动军刀,似乎在对他们激烈地说话……呼啸声和尖叫声刚停了一小会儿,立刻又重新掀起。"喏,孩子们,"司令说,"现在打开大门,敲起鼓。孩子们,前进,冲出去,跟我上啊!"

司令、伊凡·伊格纳季奇和我顷刻间已身在要塞墙外;但是卫戍队的士兵们都吓呆了,他们却原地未动。"你们干吗,孩子们,还站着不动?"伊凡·库兹米奇喊起来,"死就死吧:这是天职呀!"恰在这一瞬间里,叛乱者们向我们奔来,冲进了要塞。鼓声停息了;卫队抛下了枪;我被撞倒在地,但我爬起来,跟叛乱者们一同走进了要塞。司令头部受伤,他站在一小堆暴徒中间,他们要他交出钥匙来。我本要奔去帮助他,几个粗壮的哥萨克抓住了我,用宽宽的腰带把我捆起来,一边说:"你们等着瞧吧,胆敢反对皇上的家伙!"他们沿街拖着我们;居民们捧着面包和盐①从屋里走出来。到处都响着钟声。忽然人群中有人喊叫,说皇上在广场上,他要见俘虏,并且接受对他效忠的宣誓。人们拥向广场;也把我们赶向那里。

普加乔夫坐在司令家门廊上的一把圈椅里。他身穿一件红色的镶饰着金银丝的哥萨克长袍,一顶高大的貂皮帽,缀着金穗子,一直压到他那双闪光的眼睛上。他的面孔我好像熟悉。一些哥萨克军官围绕着他。盖拉西姆牧师面色发青、浑身颤抖,手执十字架站在门廊边,像是在为眼前这些即将牺牲的人向他默默哀求。他们在广场上匆匆竖起了绞刑架。当我们走近时,巴什基尔人把人群赶开,把我们带到普加乔夫面前。钟声停止了;一阵深沉的静默。"哪一个是司令?"自封为王的人问道。我们的那个军士走出人群指着伊凡·库兹米奇。普加乔夫威严地望老人一眼,对他说:"你怎么胆敢反抗我,反抗你的皇上?"司令受了伤,他疲惫不堪。他竭尽最后一点气力,话音坚定地回答说:"你不是我的皇上,你是个强盗,是自封为王的,你听着!"普加乔夫阴沉地皱起眉头,把一块白手帕挥了一下。几个哥萨克抓起年老的上尉便向绞刑架拖去。绞刑架的横梁上竟然骑坐着我们昨夜审问过的那个割掉舌头的巴什基尔人,他手握一根粗绳,于是一分钟后,我看见可怜的伊凡·库兹米奇已经被吊在半空中了。这时伊凡·伊格纳季奇被带到普加乔夫面前。"你宣誓,"

---

① 捧着面包和盐,一种表示欢迎的俄罗斯民间仪式。

普加乔夫对他说,"向彼得·费奥多罗维奇皇上宣誓!""你不是我们的皇上,"伊凡·伊格纳季奇回答,他在重复着他的上尉的话,"你呀,大汉子,是个强盗,是自封为王的!"普加乔夫又挥一挥手帕,于是这个善良的中尉便吊在了他年迈的长官身边。

  轮到了我。我勇敢地注视着普加乔夫,正准备重复我两位慷慨就义的同伴所作的回答。这时,我无法形容自己的惊异,我在叛军军官中看见了施瓦布林,他剃了个圆顶头①,穿上了哥萨克人的长袍,他走向普加乔夫,俯在他耳朵上说了几句话。"绞死他!"普加乔夫说,他的眼睛不再望我了。他们把绞索套在我的头颈上。我开始默默地念着祈祷文,向上帝真诚地忏悔自己所有的罪过,求他拯救我所爱的人。我被拖到绞架下。"别怕,别怕,"刽子手们连连对我说,或许他们真是想要给我壮胆。忽然我听见叫喊声:"停一停,该死的!等一等!……"刽子手停住了。我一看:萨维里奇伏倒在普加乔夫的脚下。"我的亲爹哟!"我可怜的老仆人说,"弄死我家老爷的孩子对你有啥好处啊?放掉他吧;会给你钱赎他的,要做样子吓唬人,就吊死我这个老头儿吧!"普加乔夫做了个手势,他们马上就把我松开放在一边。"我们的老爹饶了你啦。"他们对我说。我不能说我为自己的解脱而高兴,但我也不能说我为此而遗憾。我这时的感受是非常混乱不清的。他们又把我带到自封为王的人面前,叫我给他跪下。普加乔夫向我伸出他一只青筋暴起的手。"吻手呀,吻手呀!"人们在我四边说。然而我宁肯千刀万剐,也不要这样卑贱地贬低自己。"彼得·安德烈依奇少爷呀!"萨维里奇低声说,他站在我身后,用手推一推我。"别犟啦!这又算得了个啥?你就

---

① 圆顶头,当时俄国军官士兵均有发辫,而哥萨克人则剪短发,只在头顶上留一片头发。

吻一下这个恶……(呸!)吻一下他的手吧。"我一动不动。普加乔夫放下手,讪笑着说:"这位老爷,大概高兴得发呆啦。把他扶起来!"他们把我拉起来就放开了我。我继续留下观看这场可怕的戏剧。

居民开始宣誓。他们一个接一个走过去,吻十字架,再向自封为王的人鞠躬。卫戍士兵们也站在这里。连队的裁缝用他一把钝剪刀在剪他们的辫子。他们一边抖掉身上的头发,一边走过去吻普加乔夫的手,他则向他们宣布赦免,并接纳他们入伙。所有这些事延续了将近三个小时。最后普加乔夫从圈椅中站起,走下门廊。身边跟随着他的军官们,给他牵来一匹装饰着贵重马具的白马。两个哥萨克扶着他,让他坐上马鞍,他向盖拉西姆牧师说,要在他家吃午饭。这时,传来一声女人的哭喊。几个暴徒把瓦西丽莎·叶戈罗芙娜拖到门廊上,她头发蓬乱,衣服已被人剥光。一个强盗已经把她的坎肩穿在自己身上。另外几个人拖着羽毛床垫,箱子,茶具,内衣和各种家什。"我的老爷儿们呀!"可怜的老太太喊叫着,"让我的灵魂忏悔了再死吧。我的亲人老爹呀,放我去见伊凡·库兹米奇吧。"忽然她一眼望见绞架,认出了自己的丈夫。"恶棍呀!"她狂怒地叫喊起来,"你们把他怎么啦?我的亲爱的人哟,伊凡·库兹米奇呀,士兵们勇敢的头儿啊!普鲁士的刺刀,土耳其的子弹都没能伤过你,你没在光荣的战场上送命,倒死在个骗子手逃犯手里呀!""制住这个老妖婆!"普加乔夫说。这时一个年轻的哥萨克用一把军刀朝她头上一砍,她便倒在门廊的台阶上死去了。普加乔夫走开了;人群奔去跟在他的身后。

第八章

不速之客

不速之客比个鞑靼人还糟。

民谚①

广场上没人了。我却仍然站立在原地，不能理清纷杂的思绪，这些如此可怕的印象使我头脑混乱。

玛丽娅·伊凡诺芙娜命运不明，这一点尤其令我痛苦。她在哪儿？她怎么啦？她来得及躲藏吗？她躲的地方安全吗？……心头充满惊恐的思虑，我走进了司令家的房子……空荡荡的；椅子、桌子、箱子，都损坏了；餐具砸碎了，东西全被抢光。我沿一条小楼梯跑上去，它通向楼上一间明亮的小屋，这是我有生以来第一次进玛丽娅·伊凡诺芙娜的房间。我看见她的床被暴徒们翻过；衣橱被撬开，衣服抢光了；空无所有的神龛前，一盏小灯仍在微微地燃着，两扇窗间挂着的一面小镜子依然完好……这间小小的宁静的姑娘的闺房，女主人她在哪里？我心中闪过一个可怕的想法：我猜想她是落在暴徒的手中……我的心收紧了……我悲痛地哭啊，哭啊，我大声地呼唤着我心上人的名字……这时我听见一种轻微的声音。帕拉莎从衣橱背后钻了出来。她面色苍白、不停地发抖。

"哎呀，彼得·安德烈依奇！"她把两只手绞在一起说，"啥个日子啊，吓死人啊！……"

"玛丽娅·伊凡诺芙娜呢？"我来不及地问，"玛丽娅·伊凡

---

① 13—15世纪，鞑靼人入侵俄国时出现的民谚。

诺芙娜怎么啦?"

"小姐活着呢,"帕拉莎回答,"她躲在阿库琳娜·潘菲诺芙娜家里。"

"在牧师老婆家里!"我吓得跳起来。"我的天啦!普加乔夫在那里呀!"……

我立即从屋里奔出去,转眼已在街上,我慌忙奔进牧师家,我什么也没看见,什么也感觉不到。那儿到处是喊叫声,哈哈大笑声,歌唱声……普加乔夫正跟他的伙伴们在饮酒作乐。帕拉莎也跟我跑到那里。我叫她悄悄把阿库琳娜·潘菲诺芙娜喊出来。一分钟后,牧师老婆出来在过道里见我,手里拿着个空酒瓶子。

"上帝保佑!玛丽娅·伊凡诺芙娜在哪儿呀?"我带着一种说不清的激动问她。

"躺着呢,我的小宝贝儿,躺在我床上呢,在隔板后边,"牧师老婆回答,"喏,彼得·安德烈依奇,差点儿就大祸临头啦,可是,谢天谢地,凡事都顺利:那个恶棍刚坐下吃饭,她,我的小可怜儿呀,就醒过来,还发出呻吟声!……我可吓坏啦。他听见了:'是谁在你这儿唉声叹气的,老太婆?'我深深鞠一个躬:'我的侄女儿,皇上;生病啦,躺着呢,都两个礼拜啦。''你的侄女儿年轻吗?''年轻的,皇上。''那让我看看她,老太婆,你的侄女儿。'我的心一下子揪起来了。可又没法子。'请吧,皇上;只是丫头呀还起不来床,不能来领您的恩情。''没关系,老太婆,我就自己去看看。'那个魔鬼呀,真就走到隔板后边去啦,你会怎么想!他拉开帘子,用他一双鹰眼睛一瞧!——没啥……上帝,给挺过去啦!你信不信,我跟我那个牧师已经准备好了要像受难圣徒一样地去死掉。幸亏她,我的小宝贝,也没有认出他来。万能的上帝,我们盼到节日啦!真的!可怜的伊凡·库兹米奇!谁想得到啊！……瓦西丽莎·叶戈罗芙娜呢？伊凡·伊格纳季奇呢？为什么对他这样？……他们怎么就饶过了你？施瓦布林，那个亚历山大·伊凡内奇怎么样？他剃了个圆顶头，这会儿正跟他们在我这儿饮酒作乐呢！头脑子活，没说的！我说起我生病的侄女儿的时候，他呀，你信吗，那个样子地望我一眼，好像用刀子割人一样，可是他没告发，为这个也得谢谢他。"这时，传来客人们酒醉的叫喊声和盖拉西姆牧师的声音。客人还要酒，男主人在叫老伴儿。牧师夫人去忙着照料了。"你回家去吧，彼得·安德烈依奇。"她说，"这会儿没有您的事，恶棍们在灌酒。您要落在醉鬼手里，可就糟啦。再见吧。彼得·安德烈依奇，该怎么样，就怎么样吧；上帝也许不会丢下我们不管的！"

牧师老婆走开了。我稍觉宽慰，回到自己的住处去。从广场经过时，我看见几个巴什基尔人挤在绞架边，正从被吊死的人脚上把靴子拽下来；我好不容易才压住怒火没有爆发出来，想到干预也是徒劳的。强盗们在要塞里四方奔走，抢劫军官们的家室，到处传来酗酒的叛乱者的叫喊声。我回到家。萨维里奇在门槛前迎我。"谢天谢地！"他一看见我便喊起来，"我还在想，恶徒们又把你抓起来了呢。喏，彼得·安德烈依奇少爷呀！你信不信？他们把我们抢光啦，这伙骗子：外衣，内衣，家什，餐具——什么都没留下。管它呢！谢天谢地，他们放你活着回来了！可你，少爷，认出那个头目没有？"

"没有，没认出来；他是什么人呀？"

"怎么，少爷？你把那个醉鬼给忘记啦，就是那个在马车店里骗走你皮袄的那个？兔皮袄还是新崭崭的呢，可那个骗子往自己身上绷的时候，把缝线都挣开啦！"

我非常惊讶。真的，普加乔夫跟我的带路人出奇地相似。我终于确信，普加乔夫跟他是一张面孔，我知道那时他为什么饶过我了。我不能不因事情的奇特偶合而惊异,一件小孩子穿的皮袄,给了一个流浪汉,却使我免受绞刑,一个在马车店里游荡的醉鬼,竟然包围了要塞,震动了当局!

"您不要吃点东西吗?"萨维里奇问道,他还是不改老习惯。"家里什么也没有;我去找点啥做给你吃。"

独自一人,我陷入沉思。我该怎么办?留在这恶棍权力下的要塞里,或是跟随他一帮人走,对一个军官来说都是不体面的。我有义务去一个在目前困境中我还能为国效劳的地方……然而爱情又强烈地要求我留在玛丽娅·伊凡诺芙娜身边,保卫她和守护她。虽然我已经预见到,情况无疑很快就会发生变化,但是一想到她处境的危险,我还是不得不心惊胆战。

我的思索被一个哥萨克人打断了,他来通知我:"伟大的皇上说,要你去见他。""他在哪儿呢?"我问,我准备听命。

"在司令住宅里,"哥萨克人回答说,"午餐后我们的老爹去过澡堂了,现在歇着呢。喏,大人,事事都看得出,他是个贵人:一顿午餐吃掉两只小猪;洗起澡来,蒸气热得呀,连塔拉斯·库罗奇金都受不了,他把桦树条子①给了弗姆卡·毕克巴耶夫,好不容易才用凉水让自己缓过气来。没说的:一举一动都那么了不起……在澡堂子里,听人说,他给人看了他两边胸膛上的皇帝的记号:一边是个五戈比钱大小的双头鹰,另一边是他自己。"

我认为没必要去驳斥这个哥萨克人的看法,便跟他一同上司令房子去,事先设想着跟普加乔夫的会见,极力预测结果将会怎样。读者不难想象,当时我并非是十分冷静的。

当我到达司令家时,天开始转暗。绞架上吊着几个牺牲者,黑黑地隐隐可见,非常吓人。可怜的司令太太,她的尸体仍旧摊

---

① 桦树条子,洗俄式蒸气浴时,常用桦树条抽打身子以去污。

在门廊下，门边站着两个站岗的哥萨克人。带我来的哥萨克人去报告我的到来，他立即返回，引我走进那间屋子，头天夜晚我就是在这里跟玛丽娅·伊凡诺芙娜缠绵道别的。

我看见一幅极不寻常的景象。桌上铺了台布，放着一些酒壶和酒杯，普加乔夫跟十来个哥萨克首领坐在桌前，他们头戴帽子，身穿花衬衫，喝得热乎乎的，满脸通红，眼睛闪着光。其中没有施瓦布林和我们那个军士，这两个新入伙的叛徒。"啊，您老爷！"普加乔夫看见我便说，"欢迎您；请坐，赏光啦。"同桌谈话的人挤了挤让出个空位子。我默默地在桌边坐下。我旁边是个年轻的哥萨克，身体挺拔，面色红润。他给我斟了一杯烧酒，我碰也没去碰。我好奇地观望了一下这伙人。普加乔夫坐首席，他用肘撑着桌子，一只宽大的拳头托着黑胡须。他面容端正，相当愉快，一点儿不显得残暴。他时常对一个五十上下的人说话，有时称他伯爵，有时称他季莫费依奇，偶尔还尊称为大叔。他们之间相处得如同伙伴，人们对他毫无任何对头目的特别的尊敬。他们谈的是早晨的进攻，叛乱的成果，和今后的行动，人人都在显摆，说出自己的看法，并且随意地跟普加乔夫争辩。就在这奇特的军事会议上，他们决定了向奥伦堡进犯：这是个胆大妄为的行动，险些获得灾难性的成功！宣布明天清晨便出征。"喏，弟兄们，"普加乔夫说，"要睡觉啦，咱们来唱支我爱听的歌儿。楚马科夫，来吧！"我的邻座用细细的嗓音唱起一支苍凉的纤夫之歌，大家齐声合唱：

绿色的橡树妈妈呀，请你别喧嚷，
请别妨碍好汉我，把我的心事儿想，
明天清早，我——这条好汉呀，就要去受审，
威严的法官是沙皇他本人。

> 沙皇呀他将会来把我问：
> 你说呀你说，农家的娃娃小儿郎，
> 你跟谁去做过贼，跟谁抢过人，
> 你还有多少个同伙弟兄们？
> 我告诉你呀，亲爱的信奉东正教的王，
> 我把全部真话告诉你，全都是实情，
> 我的同伙总共有四名：
> 我的头一个同伙他是夜深沉，
> 我的第二个同伙是宝刀一柄，
> 我的骏马呀，他是我第三个同伙人，
> 第四个同伙呀，它是硬弓一张。
> 还有听我使唤的箭，它是精钢铸造。
> 亲爱的信奉东正教的王说道：
> 好样儿的，农家的娃娃小儿郎，
> 你又会偷盗，你又会抢！
> 我为这个奖给你呀，小儿郎，
> 田野中的几座高高的殿堂，
> 那是两根柱子加一根横梁。

这是些注定要上绞架的人，由他们嘴里唱出的这支关于绞架的民歌，在我心头引起些什么，真无法形之于言。他们威严的面容，和谐的歌声，凄凉的情调——他们让这支本来就很凄凉的歌子更加凄凉——所有这些以一种诗意的恐惧震撼着我的心。

客人们又各自干了一杯，才离开餐桌，向普加乔夫告别。我要跟他们一同走，而普加乔夫对我说："坐下，我想跟你谈谈。"留下了我们两人，面面相觑。

我们都沉默着，这样过了几分钟。普加乔夫目不转睛地注视着我,偶尔眯一眯左眼,带着一种奇异的狡黠和嘲弄的表情。终于他笑了,笑得那么开心,毫不做作,看看他,不知怎么地我也笑起来了。

"怎么,老爷?"他对我说,"你害怕了吧,老实承认吧,我的小伙子们把绳子套上你脖颈的时候,我看呀,魂都吓没了吧……要不是你的佣人,你早在横梁上晃荡啦。我一眼就认出了那个老东西。唉,你想到没有,老爷,那个带你走出草原去大车店的人,就是大皇帝本人?"(这时他做出一副庄重而神秘的样子。)

"你在我面前可是罪过不轻呀,"他继续说,"可是我为你的好心肠饶了你。为你在我不得不躲开我的敌人的时候给我帮过忙。你往后会瞧见的!我还会这样犒赏你的,等拿到我的国家的时候!你答应忠心为我效劳吗?"

这个痞子的问题和他的狂妄让我觉得太滑稽,我忍不住笑出声来。

"你笑啥?"他皱着眉头问我,"你不信,我是大皇帝?你照直回答。"

我惶惑了。承认这个流浪汉是皇帝——我不能够:这对我像是一种不可饶恕的怯懦。冲着他的眼睛叫他骗子——是自寻死路,我出于一时激愤,当众人面在绞架下准备去干的事,现在看来是一种毫无益处的匹夫之勇。我犹豫不决。普加乔夫阴沉地等待着我的回答。终于(至今回忆起那一分钟,我对自己仍感到满意)责任感在我心中战胜了人类的弱点。我回答普加乔夫说:"你听着,我给你全说实话。你想想看,我可能承认你是皇帝吗?你是个机灵人:你自己也看得出,假如那么说,我是在撒谎。"

"那么依你看,我是个啥人?"

"天知道,可是无论你是什么人,你是在开一个危险的玩笑。"

普加乔夫迅速地瞟了我一眼。"这么说你不相信,"他说,"我是彼得·费奥多罗维奇皇帝吗? 咴,好吧。难道说一个敢作敢为的人就不可能得手吗? 难道古时候格利什卡·奥特烈皮耶夫没当过皇帝?① 你怎么想我都行,可是别跟我断了。我是啥个别的人,你管它干啥? 不是牧师,就是神父,反正一个样。你就忠心耿耿为我干,我会封你又当元帅,又当公爵的。你怎么想法?"

"不,"我坚决地回答,"我身为贵族,我向女皇宣誓效忠过,我不能为你干。你若是真想我好,那就放我去奥伦堡。"

普加乔夫想了想。"可我要是放了你,"他说,"你能不能答应,至少不去反对我?"

"我怎么能答应这个呢?"我回答说,"你自己知道,这不由我:人家命令我去反对你——我就得去,没办法。你现在自己是首领;你也要求你的人服从你。职务需要我做的事,我拒绝做,这像什么话? 我的一颗头现在在你的手里:放了我——我感激你;杀了我——上帝惩罚你;我对你可都说实话。"

我的真诚让普加乔夫感到惊异。"好吧,"他说,一边拍着我的肩头,"我要杀就杀,要赏就赏。你想去哪儿去哪儿,想干啥干啥吧。明天来跟我告别,现在去睡你的觉吧,我也要打盹儿啦。"

我离开普加乔夫,走到街上。夜晚安静而寒冷,月亮和星星光辉地闪耀着,把广场和绞架都照亮了。要塞里悄无声息,一片黑暗,只有酒店里仍有灯火,传出夜游不归的人们的喊叫声。我

---

① 格利什卡·奥特烈皮耶夫,即格里高利·奥特烈皮耶夫,波兰教士,有人认为他就是伪德米特里一世,于公元1605至1606年冒充伊凡雷帝之子德米特里,在莫斯科当过十一个月的沙皇。

朝牧师家的房子望了一眼。百叶窗和门都紧闭着,屋子似乎很平静。

我回到住处,找到萨维里奇,他正为我不在而难过。我获得了自由,这消息让他说不出地快活。"光荣归于你,上帝!"他画着十字说,"天一亮咱们就离开要塞,随便去哪儿。我给你做了点吃的;吃点吧,少爷,吃完就一觉睡到大天亮,就像睡在基督怀抱里一样。"

我照他的话做,美美地吃了一顿,在光地板上睡下,身心都疲倦极了。

第九章

跟你相爱时,美丽的姑娘,
我心头感到多么的甜蜜;
跟你分手时,悲伤啊,悲伤,
悲伤得好比跟灵魂别离。

赫拉斯科夫①

  一大早我便被鼓声吵醒。我去集合地点。那儿,普加乔夫的人已经一群群在绞架旁排列成队,绞架上还挂着昨天的牺牲者。哥萨克们骑在马上,士兵们扛着枪。旗帜在飞扬。几尊大炮,其中我认出也有我们那一尊,都已安放在行军炮架上。居民们也都聚集在这里,等候着那个自封为王的人。司令家的门廊前,一个哥萨克牵着一匹漂亮的吉尔吉斯白马。我用眼睛搜寻着司令太太的尸体,它被移到旁边一点,用条席子盖上。终于普加乔夫从过道里走出来。人们都摘下帽子来。普加乔夫站在台阶上向大家问好,一个当官的递给他一袋铜钱,他便一把把地撒出去。人们喊叫着冲过去抢钱,不免有人受了伤。普加乔夫由他的一些主要同谋围绕着,其中也有施瓦布林。我们的目光相遇了;他从我的目光中能看出轻蔑来,他转过脸去,那表情是一种真正的仇恨和做作的嘲笑。普加乔夫看见我也在人群里,向我点点头,把我叫到他跟前。"你听着,"他对我说,"你马上去奥

---

① 赫拉斯科夫(1733—1807),俄国古典主义诗人、剧作家,这四行诗引自他的作品《别离》。

伦堡,用我的名义给省长和所有的将军们说,叫他们一个礼拜以后等着见我。你劝他们,迎接我的时候,要像娃娃一样地爱戴和顺从我;要不他们可逃不脱残酷的死刑。一路平安吧,老爷!"说完这话他转身对人群说话,一边用手指着施瓦布林:"这就是,孩子们,你们的新司令,凡事都听他的,他对我为你们和要塞负责任。"我听见这话好不骇怕:施瓦布林成了要塞的首领;玛丽娅·伊凡诺芙娜在他的权力之下!天啦,她会怎么样!普加乔夫从台阶上往下走。有人把马给他牵过来。他敏捷地跃上了马鞍,没等那几个想来扶他上马的哥萨克走过来。

这时候,我看见我的萨维里奇从人群中走出,他走向普加乔夫,递给他一张纸片。我想象不出这会引起什么事情来。"这是啥?"普加乔夫傲然地问道。"念一下就明白啦。"萨维里奇回答说。普加乔夫接过那张纸,看了又看,脸上是一种深沉的表情。"你写得这么复杂,都说些啥?"他最后说,"咱这双雪亮的眼睛啥也搞不清,我的秘书长呢?"

一个身穿军曹制服的年轻小伙子敏捷地跑到普加乔夫身边,"大声念出来!"自封为王的人把那纸片递给他说。我非常想要知道,我的老仆人想出些什么东西来写给普加乔夫看。这时那位秘书长一个音节一个音节地大声读出下面的内容:

两件长袍子,一件细布的,一件条子绸的,值六卢布。

"这是啥意思?"普加乔夫皱着眉头说。
"你命令他再往下念呀。"萨维里奇安然地回答他。
秘书长继续读下去:

绿色细呢制服一件,值七卢布。

白色呢裤一条,值五卢布。

荷兰亚麻布带袖口的衬衣十二件,值十卢布。

旅行食盒一只,带茶具,值二卢布半。

....

"这都胡扯些啥?"普加乔夫打断他,"旅行食盒、翻边的裤子,跟我有啥关系?"

萨维里奇咳一声,便来解释:"这个呀,老爷,你瞧瞧,是我们老爷失掉东西的单子,叫坏人偷了去的……"

"啥个坏人?"普加乔夫厉声问道。

"我错了:说漏了嘴,"萨维里奇回答,"坏人倒不是坏人,可你那些手下的人到处摸呀,拖呀的。你别发火,马有四条腿,还会绊倒呢。你叫他念下去呀。"

"念完它!"普加乔夫说,秘书长便继续往下读:

花布被子一条,又塔夫绸棉被子一床,四卢布。

狐皮大衣一件、红丝绒面子的,四十卢布。

还有兔皮袄一件,在大车店里赏给你大人的,十五卢布。

"这又是个啥!"普加乔夫大喝一声,两只冒火的眼睛闪了闪。

说真的,我当时真为我可怜的老佣人害怕得不得了。他又想要再作些说明,但是普加乔夫打断了他:"你怎么敢拿这些废话来跟我纠缠?"他喊叫着,一把从秘书手里把那纸片抓过来,甩在萨维里奇脸上。"傻老头子!东西抢光啦:这多糟糕呀!可是你应该,老家伙,一辈子为我、为我的娃娃们祷告上帝,没把你和你的老爷跟这些违抗我的人一块儿吊死……兔皮袄！我这就来给你一件兔皮袄！你知道吗，我要下道命令，活活儿剥下你的皮来做一件皮袄！"

"随你的便吧，"萨维里奇回答，"可我是个受人家管的人，我得对老爷的东西负责任。"

普加乔夫显然是一时间发了善心。他转过身骑马走开了，再没说一句话。施瓦布林和那些头目们随他而去。一帮人排队走出要塞。村民都去给普加乔夫送行。只我一个人跟萨维里奇留在广场上。我的老仆手里捏着他的清单，深为惋惜地反复审视着它。

他看见我跟普加乔夫关系好，想要加以利用，可是他的如意算盘没能够打好。我本要责骂他，他操心得不是地方，可又忍不住笑起来。"你笑吧，少爷！"萨维里奇回答我，"你笑吧！可等我们不得不从头安排家务的时候，瞧着吧，你看好笑不好笑。"

我赶快去牧师家跟玛丽娅·伊凡诺芙娜见面，牧师太太一见我，就说了个伤心的消息。夜间玛丽娅·伊凡诺芙娜发起了高烧。现在正躺着，昏迷不醒，还说胡话。牧师太太领我进她的房间。我轻轻走近她的床。她面容的改变让我大吃一惊。病人认不出我来。我在她面前站了很久，盖拉西姆牧师和他好心肠的妻子好像在说安慰我的话，我一句也没听进。一些阴郁的想法令我不安。可怜的无依无靠的孤女，被遗留在一群凶恶的暴徒中间，她的处境，以及我自己的软弱无力，让我十分地恐惧。施瓦布林，让我一想到便心乱如焚。正是施瓦布林，他从那个自封为王的人手中得到权力，统治这个要塞，而不幸的姑娘又留在这里，她是一个他所憎恨的无辜的对象，而他有权决定一切。我该怎么办？怎样帮助她？怎样从这个恶棍手中解救她？只有一个办法：我决定立即动身去奥伦堡，促使白山要塞快些收复，自己尽可能在其中尽力。我向牧师和阿库琳娜·潘菲洛芙娜告别，激动地拜托她照顾那个我已视为自己妻室的姑娘。我拿起可怜的姑娘的一只手吻着，流下泪水来。"别了，"送我出门时牧师太太对我说，"别了，彼得·安德烈依奇，或许情况好些了，我们能再见面，别忘了我们，常给我们写信。可怜的玛丽娅·伊凡诺芙娜如今除了您再没有人安慰，再没人保护啦。"

踏上广场，我停留了一会儿，望一望绞架，向它鞠一个躬，便走出要塞，踏上去奥伦堡的路，萨维里奇陪着我，忽然，我听见身后有马蹄的声响。回头一望，我看见，从要塞门里，一个哥萨克跃马而来，手中还牵着一匹巴什基尔种的骏马，远远地向我招呼着，我停住脚，马上便认出他是我们那个军士。他奔到我面前，下马对我说话，一边把另一匹马的缰绳递到我手里："老爷！我们的父亲赏您一匹马跟一件他自己身上脱下来的外套（马鞍上捆着一件羊皮袄）。他还，"军士吞吞吐吐地说，"赏您……半个卢布……可让我在路上丢掉了；你就宽宏大量饶了我吧。"萨维里奇斜着眼睛瞧了他一眼，嘟囔着说："在路上丢了！那你怀里叮叮当当地响的是什么东西？你这个没良心的！""你说我怀里是什么东西叮当响吗？"军士回嘴说，一点也没不好意思，"天啦，老头儿！这是马辔头在响呀，不是那半卢布。""好啦，"我打断他们的争吵说，"你替我谢谢派你来的人；丢掉的那半个卢布你回头路上想法拾回来，拿去买酒喝吧。""非常感谢，老爷，"他回答我，一边拉转了马头，"我一辈子为你祈祷上帝。"说完这话，他就奔回去了，一只手还捂在怀里，过一会儿就看不见了。

我穿上皮袄，骑上马，还让萨维里奇坐在我身后。"您瞧呀，少爷,"老人说,"我算没白向这个强盗告一状,做贼的也觉得良心有愧了。虽说这匹巴什基尔长腿劣马跟这件羊皮袄,比起他们这群强盗偷我们的东西,还有你自个儿叫赏他的,一半也不值,可也算有用场,从恶狗身上拔撮毛也是好的呀。"

第十章

占领了草场和山冈，

他从高处，鹰一般向城市眺望。

他命令在营地背后把炮台垒起，

里面藏满炮弹，夜晚向城中轰击。

赫拉斯科夫①

快到奥伦堡了，我们看见一群剃光头的囚犯，脸上都挂着刑讯钳留下的伤痕。他们在防御工事近旁干活，由几个驻军中的伤残老兵看守着，有几个人用小车把沟里填满的垃圾运走；还有人在用铁锹挖土；土围墙上，泥瓦匠在运砖头，补城墙。哨兵把我们拦在城门口，要看我们的证件。一个中士听见我说是从白山要塞来的，马上把我直接带到将军家里。

我在花园里见到他。他在查看苹果树，瑟瑟秋风把它们吹得光秃秃的。一个年迈的花匠在帮他，仔细地用暖和的稻草把树干都裹起来。他脸上流露出安详、健康和善良的表情。他见到我很高兴，问起我亲眼看见的那些可怕的情况。我把一切都告诉他了。老人留心地听我叙说，一边修剪着树上的枯枝。"可怜的米罗诺夫！"在我结束我悲哀的叙述时，他说，"他真可惜：一个好军官。米罗诺夫太太也是个好心肠的夫人，蘑菇腌得多好啊！那么玛莎，上尉的女儿呢？"我回答说，她留在要塞里，牧师

---

① 引自赫拉斯科夫的《俄罗斯颂》(1779)。这首诗是为纪念1552年伊凡雷帝攻占喀山而写。

夫人在照顾她。"唉,唉,唉!"将军说,"这不好,非常不好。一点儿也不能指望强盗们会有什么纪律。可怜的姑娘会出什么事呢?"我回答说,白山要塞离这儿不远,大人一定会即刻派军队去解救那里可怜的居民的。将军摇摇头,那神色有些犹豫不决。"再看看吧,再看看吧。"他说,"我们还来得及再商议商议。请你来喝杯茶:今天我这儿开军事会议。你可以给我们谈些普加乔夫这个无赖和他的队伍的真实消息。这会儿先去歇歇吧。"

我到分配给我的房间去,萨维里奇已经在那儿为我作好了安排。我焦急地等待着预定的时间,读者很容易想象到,我是决不会迟到的,因为这次会议对我的命运将有那么重大的影响。到规定时间,我已经在将军家里。

我在他家见到一位城里的官员,记得好像是关税总办,一个胖胖的、红面孔的老头儿,穿件锦缎长袍。他向我仔细问起伊凡·库兹米奇的遭遇,他称他为干亲家,他不时打断我的话,提一些补充的问题,谈一些道德教诲式的意见,这一切,如果说,不能表明他是一个精于打仗这一行的人,那么至少表现了他的敏捷机智和天生的聪明。这时其他一些被邀请的客人也都来到了。出席者中,除将军本人外,没有一位是军人。当大家就座,给所有人都端上一杯茶后,将军便非常明白而详细地把事情述说了一番。"现在嘛,诸位,"他继续说,"必须决定,我们该怎样行动,来抵抗叛匪:进攻,或是防守?二者各有利弊。进攻有更大的迅速消灭敌人的希望,防守则更为可靠和安全……为此,我们来按法定程序,听取意见,就是说,按官阶,低的先说。准尉,先生!"他继续说下去,一边转向我,"请给我们谈谈您的意见。"

我起立,用简短几句话首先描述了一下普加乔夫和他的匪帮,我肯定地说,这个自封为王的人没有办法抵挡受过训练的正规军队。

那些官员听取我的意见时表现出显然的冷淡。他们认为这是年轻人的冒失和鲁莽。大家纷纷议论,我明明听见这样一句话:乳臭未干。是一个人小声说的。将军面带微笑对我说:"准尉先生!在军事会议上,首先发表的照例都是倾向于进攻的意见;这是合乎规律的顺序。现在我们来继续听取发言。六级文官先生!给我们谈谈您的看法吧!"

那位身穿锦缎长袍的小老头儿,急忙喝下他加过大量甜酒的第三杯茶,才回答将军说:"依我之见,大人,应该既不攻,也不守。"

"这怎么说,六级文官先生?"将军惊讶地提出异议,"战书上再没有其他方法了:不是防守,就是进攻⋯⋯"

"大人,请用贿买法。"

"嗳—嗨—嗨!您的意见非常之高明。收买作为战术是可行的,我们就用您这个建议。可以答应为那个无赖的头颅⋯⋯付七十甚至一百个卢布⋯⋯从秘密经费里支付⋯⋯"

"到那时候呀,"关税总管打断他,"假如这伙盗贼不把他们的头目手脚捆住给咱送过来,我就不是个六级文官,而是一只吉尔吉斯公羊。"

"我们再议议,再想想,"将军回答说,"但是无论如何应该采取些军事措施,诸位,请按法定程序发言吧。"

结果所有的意见都跟我的相反。全体官员都在说什么部队不可靠,成功没把握,要小心谨慎,诸如此类等等,都认为,留在坚固的石墙里,在大炮掩护下,比去开阔的战场上用武器碰运气要明智得多。听完所有人的意见,最后将军抖出烟斗里的烟灰,说了下面的话:

"诸位先生们!我必须向你们说明,从我这方面来看,我是完全赞同准尉先生的意见的:因为这个意见是以正确兵法的全部规律为基础的,兵法几乎总认为进攻比防守更好。"

这时他停下不说,去装他的烟斗。我的自尊心获得了胜利,我傲然环视这群官员,他们正交头接耳,悄声议论,脸上带着不满和不安的表情。

"但是嘛,诸位先生们,"将军长叹一声,喷出一口浓浓的烟,才接着说,"我却不敢承担如此重大的责任。事关女皇陛下,我仁慈的女王,交托给我的这几个省份的安全。因此,我同意大多数人的意见,这些意见认为,比较明智和安全的办法是留在城内等候包围,用炮兵的力量,(如果可能的话)也出击几次,来打退敌人。"

这回轮到这群官员们用嘲笑的目光来瞧着我了。会议结束,我不能不惋惜这位可敬的军人的软弱无力,他竟违背自己的信念,决定听从这些外行和没有经验的人的意见。

这次重要会议之后没有几天,我们得知,普加乔夫信守诺言,已向奥伦堡进发。我从城墙高处看见暴乱者的队伍。我觉得,他们的人数,从上回我亲眼见到的那次进攻到现在,已经增加了上十倍。而且还有炮队,这是普加乔夫从那些他已征服的小要塞里夺取的。想起会上的决议,我预料将要长时间被关在奥伦堡的城墙里,懊恼得几乎哭出来。

我不来描述奥伦堡被包围的情况了,这属于历史,而不属于家庭纪事。简单说,这次包围,由于地方长官的疏忽,使居民受到致命的伤害。他们受尽了饥饿,遇到种种灾难。可以容易地想象到,奥伦堡的日子是难以忍受的。人人都垂头丧气,等待着命运的最后决定;人人都唉声叹气,说物价太高,简直高得可怕。居民已经习惯于见到飞入庭院的炮弹了;甚至普加乔夫发动的一次次进攻也已经不能引起人们的好奇。我闷得要死。光阴飞逝,我没有收到过白山要塞的来信。所有的道路都切断了。我已经无法忍受与玛丽娅·伊凡诺芙娜的别离。她命运如何,我一无所知,这使我痛苦。我唯一的消遣是出城袭击。多蒙普加乔夫关照,我有一匹好马,我跟它分享那一点儿食物,也骑着它每天出城去跟普加乔夫的骑手们互相射击。在这些对射中,通常都是强盗一边占上风,他们吃饱喝足,又有好马骑。城里瘦弱的骑兵打不过他们。我们挨饿的步兵有时候也开出去;但是深厚的积雪使他们不能有效地展开行动去对抗四处分散的骑手。炮队从高高的墙头上只能白费力气地轰响,可是拉出去打吧,又因为马匹已精疲力竭,被陷在雪里,不能动弹。我们的军事行动就是如此这般!这就是奥伦堡的那些官员们所谓的谨慎与明智!

有一回,我们不知怎地竟然逐散了好大一股敌人,我骑马追上一个掉队的哥萨克,正要用我的土耳其军刀砍他,忽然他摘下帽子喊叫着:"您好呀!彼得·安德烈依奇!日子过得咋样?"

我一看,原来是我们那个军士,我说不出地高兴。"你好呀,马克西梅奇,"我对他说,"从白山要塞出来好久了吗?"

"不久呢,彼得·安德烈依奇老爷;昨天刚回来,我这儿有封带给您的信。"

"在哪儿?"我大喊一声,满脸通红。

"在我身上呢。"马克西梅奇回答说,先把手伸进怀里,"我答应帕拉莎不管咋的都要交到您手里。"这时他递给我一张叠好的纸片,便马上策马而去。我打开纸片,心怦怦跳着,读了以下这几行字:

> 天意令我突丧父母,我在世上已无亲人,无保护者,我求您帮助,因为我知道,您总是希望我好,您愿意帮助任何人。祈求上帝,愿这封信不管怎样都能到达您手里!马克

西梅奇答应把它送交给您。帕拉莎还从马克西梅奇那里听说,他时常从远处看见您在出击,说您完全不顾自己,也不想到那些正流泪为您祈祷上帝的人。我病了很久;刚一康复,取代亡父在这儿指挥的亚历克赛·伊凡诺维奇便强迫盖拉西姆牧师把我交给他,他用普加乔夫来威胁我。我住在我们房子里,有卫兵把守。亚历克赛·伊凡诺维奇正在迫使我嫁给他为妻。他说,是他救了我的命,因为是他遮掩了阿库琳娜·潘菲诺芙娜的谎言,她对暴徒们说,似乎我是她的侄女儿。而我宁可去死,也不能给亚历克赛·伊凡诺维奇这种人做妻子。他待我非常凶狠,他威胁说,如果我不回心转意,不答应他,就把我带到匪徒们的军营去,他说,那时候,您的遭遇就会跟伊丽萨维塔·哈尔洛娃一个样①,我请求亚历克赛·伊凡诺维奇让我考虑一下。他答应再等三天;三天后我如果不嫁给他,就决不留情。彼得·安德烈依奇老爷!现在我只有您这一个保护人;为我这个可怜的人挡一挡吧。求求将军和所有的司令官们,赶快派援军前来。您自己,如果可能,也来。

        您的顺从的、不幸的孤儿
          玛丽娅·米罗诺娃

  读完这封信,我差点没有发疯。我奔进城里,毫不顾惜地用马刺催促我可怜的马。一路上我想到这种那种解救可怜姑娘的办法,但是什么也没想出来。奔进城里,我直接去见将军,急忙

---

① 伊丽萨维塔·哈尔洛娃,据说是当地下湖要塞司令的妻子,塔吉谢瓦要塞司令的女儿。她亲人均遭杀害,自己被普加乔夫据为情妇,后因普加乔夫的下属首领们有所不满,便被普加乔夫枪杀。

跑到他面前。

　　将军在房中来回踱步，抽着他的海泡石烟斗。看见我，他停下来。显然是我的神色令他吃惊：他关切地询问我急忙赶来的原因。"大人呀！"我对他说，"我奔来找您，就像来找我的亲生父亲一样；看上帝分上，别拒绝我的请求；事关我的终身幸福呀。"

　　"怎么回事，老弟？"老人惊讶地问道，"我能为您做什么？你说呀。"

　　"大人呀，请您下命令，给我一连兵和五十名哥萨克，叫我去清除白山要塞的匪徒。"

　　将军目不转睛地凝视着我，他一定以为我是发了疯（这一点他差不多没有弄错）。

　　"怎么？清除白山要塞的匪徒？"他终于说话了。

　　"我向您保证一定成功，"我热切地说，"只求您派我去吧。"

　　"不行，年轻人，"他说着，一边摇着头，"距离这么远，敌人很容易就切断你们跟战略基地的联系，把你们彻底击败。切断联系……"

　　见他要大谈其军事上的考虑，我很怕这个，便连忙打断他。"米罗诺夫上尉的女儿，"我对他说，"给我写了封信；她要求帮助：施瓦布林强迫她嫁给他为妻。"

　　"真的吗？噢，这个施瓦布林是个大恶棍①，要落在我手里，我要下命令在二十四小时内审判他，我们会在要塞土墙的场子上枪毙他！可是眼下必须忍耐……"

　　"忍耐！"我忍不住喊了出来，"可他这时候就娶了玛丽娅·伊凡诺芙娜呀！……"

　　"噢！"将军别有想法，他说，"这还不算糟糕：顶好是她暂且

---

① 大恶棍，原文为德语。

就给施瓦布林当老婆;他现在可以保护她;等把他枪毙了,那时候,上帝保佑,会有些男人要她的。漂亮的小寡妇没有嫁不出去的。我是想说,寡妇比起大姑娘来,找男人更便当些。"

"我宁肯去死,"我发疯地说,"也不能把她让给施瓦布林!"

"啊—啊—啊—啊!"老人说,"现在我明白啦:你,看来是,爱上玛丽娅·伊凡诺芙娜了。噢,那就是另一码事儿啦!可怜的小伙子!可我还是怎么说也不能给你一连兵和五十名哥萨克。这种出征是不明智的;我负不起这个责任。"

我垂下了头,陷入了绝望。忽然我头脑中闪出一个念头,它到底是什么,恰如旧小说家所说:且听下回分解。

第十一章①

这时狮子肚皮吃饱,尽管它生性残酷。
"请问你为何来到了我的洞府?"
他亲切温和地问道。

阿·苏马罗科夫②

我离开将军,奔回自己的住处。萨维里奇迎着我,又是老一套劝说:"少爷,你又干吗非要去跟那些醉鬼强盗们打交道呢?这是老爷们干的事情吗?万一有个闪失,你吃亏又为个啥,你要是去打土耳其人或是瑞典人,那也好说,可你要去打谁呀,说起来都丢人。"

我打断他的话,问他,我总共还有多少钱?"够你用的呢,"他得意地回答我,"那伙强盗们搜呀搜,我还是给藏住了。"说完这话,他从衣袋里掏出一只长长的线织的钱袋,里面满是银币。"喏,萨维里奇,"我对他说,"你给我一半,另一半你留着。我要去白山要塞。"

"彼得·安德烈依奇少爷!"善良的老佣人话音发颤地说,"你可要怕上帝呀;你怎么可以在现在这种时候上路呢,无论去哪儿的路都给强盗堵死了!你就不可怜自己,也该可怜你的亲生父母呀。你要去哪儿?去干啥?你稍微等等吧:部队开到了,把强盗都捉起来,那时候四面八方随你往哪儿去。"

---

① 本篇前半部分有别稿,见"别稿四"。
② 苏马罗科夫作品中没有这几行诗,似为普希金伪作。

可是我已拿定了主意。"来不及商量了，"我回答老头儿说，"我必须去，我不能不去。你别难过，萨维里奇，上帝是仁慈的，或许我们能再见面！你听着，你心里别顾忌、别舍不得花钱，要啥，就去买，再贵也买。这些钱我都给你了，要是过三天我不回来……"

"你这是咋啦，少爷？"萨维里奇打断我的话，"要我放你一个人走！你就做梦也别想这个。若是你决定走了，那我哪怕用两条腿也要跟上你，我不能丢开你。叫我丢开你自个儿留在石头城墙里？我是发疯了吗？随你咋说，少爷，我可是不离开你。"

我知道，跟萨维里奇争论是没用的，就吩咐他收拾东西，准备上路。半小时后，我骑上我的骏马，萨维里奇骑一匹又瘦又瘸的驽马，是一个城里居民白送给他的，因为没东西喂它吃。我们来到城门上，站岗的放我们走了，我们就离开了奥伦堡。

天色转晴。去白山要塞要经过普加乔夫的驻地别尔达村。笔直的大道上满盖着雪；然而草原上到处是马蹄印，都是每天新踏上的。我骑着马大步地奔跑，萨维里奇几乎跟不上我，老是远远地冲我喊叫："慢点儿呀，少爷，看上帝分上，你走慢点儿！我这匹该死的瘦畜生赶不上你那匹长腿杆子的魔鬼！急个啥呀？又不是去吃酒席，去挨斧子砍呀！眼看就得……彼得·安德烈依奇……彼得·安德烈依奇爷们儿！……你别折磨我了！……老天爷呀，老爷家的孩子要完蛋啦！"

很快就闪起了别尔达村庄的灯光。我们走近峡谷，它是这个村子的天然屏障。萨维里奇没有落在我后面，他一路上不停地抱怨、祈求。我原本希望能顺利地绕过村庄，忽然看见，黑暗中，眼面前站着五个乡下人，都拿着木棍；这是普加乔夫驻地的前哨。他们朝我们呼喊，我不知道口令，想要不吭声地从他们身边走过；而他们马上把我围将起来，其中一个一把抓住了我的马笼头。我拔出军刀冲那个乡下人头上砍去;他的帽子救了他,可他还是摇摇晃晃地松开了缰绳。余下的人发慌了,都跑到旁边,我趁这一瞬间,把马一刺,快步跑开。

夜色降临,黑暗可以使我逃脱各种危险。而忽然间,我回头一瞧,发现萨维里奇不在我身后。可怜的老人骑他那匹瘸腿马没能逃开强盗们。怎么办呢?我等了他几分钟之后,确信他已被抓去了,我掉转马头便去解救他。

我向峡谷跑去,老远就听见我的萨维里奇的声音,还有喧嚣声和呼喊声。我连忙跑去,马上又来到那群站岗的农民中,几分钟前就是他们把我挡住的。萨维里奇在他们里面。他们把老头儿从他那匹劣马背上拖下来,正准备捆绑他。我来了,他们很高兴。他们呼叫着向我奔来,转眼间便把我拖下马来。其中一个,显然是领头的,对我们说,他这就带我们去见皇上。"看我们的老爹,"他又说,"怎么处治吧:这就绞死你们,或是等到天亮。"我未作反抗;萨维里奇照我的样子做,几个放哨的得意洋洋地把我们带走了。

我们越过峡谷,走进了村庄。家家农舍都点着灯。到处是喧哗声和呼喊声。在街上,我遇见许多的人;而黑暗中没人注意到我们,也没人认出我是奥伦堡的军官。我们被一直带向十字路口一角上的一座农舍去。门口摆着几只酒桶和两尊炮,"这就是皇宫,"农民当中的一个说,"我们这就去给你通报。"他进了农舍。我朝萨维里奇瞟了一眼;老头儿在画十字,喃喃地念着祷词。我等了好一阵子,最后那农民回来了,他对我说:"进去! 我们的老爹叫把当官的放进去。"

我走进茅屋,或者说,走进皇宫,像那个农民所说的那样。屋里点着两支油蜡烛,墙上糊了些金色的纸,再就是长凳呀,桌子呀,绳子上吊着的洗手罐呀,钉子上挂的毛巾呀,屋角立着的长柄炉叉呀,上面放着盆盆罐罐的宽炉台呀——普通农家有啥,这里也有啥。普加乔夫坐在几尊神像下,身穿红袍,头戴高帽,了不起地叉着腰,他身边站着几个他的主要的伙伴,这些人脸上是一副装出来的恭敬样子。看得出,一个军官从奥伦堡来到,这消息在叛乱者中间引起了强烈的好奇,他们摆好一副架势来迎接我。普加乔夫一眼便认出了我,他那副装出来的威风马上就消失了。"啊,老爷!"他高兴地对我说,"你好吗?老天爷咋的又把你给带来啦?"我回答说,我是来办私事的,你的人把我拦住了。"办啥事呀?"他问我。我不知道怎样回答他。普加乔夫以为我不想当着众人讲,便对他的伙伴说,叫他们出去。他们全都听话出去了,只有两个人没有挪动。"当他们面你就大胆说。"普加乔夫对我说,"我啥事都不瞒他们。"我斜着眼睛冲自封为王者的两个亲信瞧了瞧。其中一个是个瘦弱驼背的小老头儿,一把白胡子,丝毫没有值得注意之处,除了那件灰色粗呢短衣上斜挂着的一条天蓝色缎带之外。可是他的同伴我却终身难忘。他身材高大、肥胖、宽肩,年纪约莫四十四五岁。一脸浓密的棕色胡须,灰色的闪闪发光的眼睛,没有鼻孔的鼻子,额头上、面颊上尽是些红红的斑点,使他宽大的麻脸上具有一种说不出的表情。他穿一件红衬衫,一件吉尔吉斯人的长袍,一条哥萨克的宽腿灯笼裤。第一个(我后来知道)是个逃兵,伍长别洛波罗多夫①;第二个是阿法纳西·索科洛夫(外号人称"炮仗"),是个流放的罪犯,他曾三次从西伯利亚的矿坑里逃出来。虽然这时我心里非常激动,而这个我如此绝望地身陷其中的场合却令我想象大作。但是普加乔夫用他的问话让我清醒过来:"你说说,你从奥伦堡出来干啥?"

---

① 别洛波罗多夫,这个名字意思是"白胡子"。

我脑子里出现一个奇特的思想：我似乎觉得，是天命把我第二次引到普加乔夫这儿来，这给了我一个机会，可以实现我的意愿。我决心利用这机会。还没来得及把我的决定想仔细，我便回答了普加乔夫的问题：

"我要去白山要塞解救一个孤女，在那儿有人欺侮她。"

普加乔夫的眼睛闪亮了。"我的人当中哪一个胆敢欺侮一个孤女？"他大声喊着，"他的脑门子有七拃①宽，也逃不脱我的审判。你说，这犯人是谁？"

"施瓦布林就是那个犯人！"我回答他，"他把那个姑娘关了起来，你见过那姑娘的，她生病，在牧师女人屋里，他要强娶她为妻。"

"我要教训这个施瓦布林，"普加乔夫严厉地说，"他会知道，在我这儿胡作非为、欺侮老百姓会有什么下场。我要绞死他。"

"请准我说一句，"炮仗用沙哑的嗓音说，"你急急忙忙任命了施瓦布林当要塞司令，这会儿又急急忙忙地去绞死他。你已经得罪了哥萨克人，把个贵族给他们去当长官；可别再把贵族们又都吓坏了，听见一句话就去杀他们。"

"他们没啥值得可怜、值得同情的！"佩带天蓝色绶带的小老头儿说，"杀掉施瓦布林没啥害处；可是把这个军官先生实实在在审问一顿也不赖：他来干啥。若是他不承认你是皇上，那干吗找你求援；要是他承认，他又干吗直到今天还跟你的敌人一起呆在奥伦堡里？要不要把他带到审讯室去，给他那地方点个火儿②：我觉得，这位老爷是奥伦堡的司令们秘密派来的。"

---

① 拃，俄国民间量长度的一种方法，指张开的大拇指与食指之间的距离。这里指额头宽，聪明。
② 点个火儿，意为施火刑，用火烧灼脚心以逼供。

这个老混蛋话中的道理我听来是颇有说服力的。一想起我落在谁的手里,我全身发冷。普加乔夫注意到我的不安。"咋样呢,老爷?"他对我挤了挤眼睛说,"我的大元帅,好像是,说对了吧。你咋个想法?"

普加乔夫开的玩笑让我又有了勇气。我平静地回答说,我落在他的手里,他高兴拿我怎么办就怎么办。

"好的,"普加乔夫说,"现在你说说,你们城里情况咋样?"

"上帝保佑,"我回答说,"一切都很好。"

"很好?"普加乔夫重复了一句,"老百姓都要饿死啦!"

自封为王的人说的是实情,而我由于宣誓效忠的义务,尽力使他相信,这都是不可靠的谣言,说奥伦堡城里有足够的各种各样的储备。

"你瞧,"小老头儿立刻接嘴说,"他是在当面瞒哄你。所有逃出来的人都众口一词地说,奥伦堡在闹饥荒、传瘟病,死人肉都吃,有这吃已经算好的啦;可他老爷要你相信,说啥都够用的。你若是想吊死施瓦布林,那就用同一副绞架也吊死这个小伙子,叫他们谁也别羡慕谁。"

这个该死老头儿的一番话让普加乔夫有些动摇了。幸亏,"炮仗"出来反对他的伙伴。"得了吧,纳乌梅奇,"他对他说,"你顶好是把啥都绞死、杀光。你算个啥子好汉?你瞧!你靠什么支撑着你的灵魂。自己已经望见坟墓了,还尽想着杀人。未必说,你良心上沾的血还少吗?"

"可你算个啥子圣人?"别洛波罗多夫回嘴说,"你打哪儿来的这份儿慈悲?"

"当然啰,""炮仗"回答他,"我有罪,这只手(说时他攥起他瘦骨嶙峋的拳头,又卷起袖子,露出一只毛茸茸的手臂来),这只手也有罪,它叫基督徒流过血。可是我杀的是敌人,不是客人呀;

是在通衢大道、十字路口上,在黑树林子里,不是在家里,坐在炉子前面;用的是短柄锤子和斧头,不是老娘们儿的长舌头么!"

老头儿转过身去,咕噜一句:"烂鼻孔!"

"你在那儿叽咕个啥,老东西?""炮仗"吼了起来,"我就来给你个烂鼻孔,你等着,你会有那么一天的。老天爷会的,会叫你闻一闻火钳子……这会儿你留点儿神,别叫我把你的胡子给拔了!"

"将军先生们呀!"普加乔夫郑重其事地宣称,"你们好别吵啦。若是奥伦堡的那群狗都在一个绞架下面伸腿蹬蹄子,那没啥不好,可要是我们的公狗自家咬起来,那就糟糕啦。好啦,你们讲和吧。"

"炮仗"跟别洛波罗多夫都没说话,黑着脸互相对视。我看出必须把谈话改变一下,否则结果将对我非常不利,便转向普加乔夫,快活地对他说:"啊!我都忘了谢谢你的马和皮袄啦。要不是你,我到不了城里,就冻死在路上了。"

我的计谋达到了目的,普加乔夫高兴起来了。"善有善报嘛,"他说,一边眨眨眼,又把眼睛眯成一条缝,"现在告诉我,那个姑娘,受施瓦布林侮辱的姑娘,关你啥事情?莫不是年轻小伙子的心上人儿吧,啊?"

"她是我的未婚妻。"我回答普加乔夫,我看出形势已经好转,认为不需要隐瞒真情。

"你的未婚妻!"普加乔夫喊出声来,"干吗你不早说?那咱们来给你办婚事,喝你的喜酒吧!"于是他向别洛波罗多夫说:"你听着,大元帅!我跟他老爷是老朋友啦,咱坐下,吃一顿晚饭,早晨人比晚上聪明。明天咱们瞧瞧,怎么给他安排。"

我真想谢绝他要给予我的这种荣幸,但是毫无办法。两个年轻的哥萨克姑娘,房主人的女儿,铺上了白台布,拿来面包、鱼汤、几瓶葡萄酒和啤酒,我又再一次跟普加乔夫、跟他可怕的同伙们一同进餐了。

我身不由己地参与了这次狂宴,它一直继续到深夜。终于,同席的人都醉倒了。普加乔夫坐在那儿打起盹来;他的伙伴起身要走,他们示意叫我离开他。我跟他们一同出来,"炮仗"吩咐,叫哨兵带我去审讯室,我在那儿见到萨维里奇,他们把我跟他一同关在那里。老仆人看见所发生的一切,真莫明其妙,他连一句话也没问我。他在黑暗里躺下,老是唉声叹气,到后来也打起鼾来,我则陷入沉思,搞得我整夜一分钟也没睡着。

清晨,有人来说普加乔夫叫我去。我去见他,他的前门停着一辆篷车,套了三匹鞑靼马。街上挤满了人。我在门道里遇见普加乔夫;他穿着上路的衣裳,一件皮袄,一顶吉尔吉斯皮帽子。头天晚上一同喝酒的人围在他身边,一副恭恭敬敬的样子,跟我昨天夜晚见到的很不相同。普加乔夫愉快地向我问好,带我跟他一同坐进篷车里。

我们上了车。"去白山要塞!"普加乔夫对那个站在那里管着那辆三驾车的宽肩膀的鞑靼人说。我的心猛烈地跳动着,马儿开步了,小铃铛儿响起来,篷车向前飞奔……

"停住!停住!"传来一个我所熟悉的声音,我看见萨维里奇迎我们跑来。普加乔夫叫把车停下。"彼得·安德烈依奇少爷!"老仆人喊叫着说,"别把我,在这把年纪,丢在这儿,跟这伙强……""啊,老家伙!"普加乔夫对他说,"上帝让咱们又见面啦。咙,去坐在赶车座上吧。"

"谢谢,皇上,谢啦,亲爹!"萨维里奇说,一边坐了上去,"上帝保佑你长命百岁,为你照顾了我,这个老头儿,让我放了心。我一辈子为你祷告上帝,我再也不提那件兔皮袄的事儿啦。"

这件兔皮袄有可能最终把普加乔夫惹得真的发了火。幸亏这位自封为王的人或是没听清,或是不去计较这不识相的暗示。马儿嘚嘚地向前奔;街上的人都停下来,深深地鞠躬。普加乔夫向两旁频频地点头。转眼我们便驶出村庄,在平稳的大道上飞奔。

我这会儿感受如何是可想而知的。过几个小时,我就应该能见到那个我以为已经失去了的姑娘。我想象着我们相逢的时刻……我还想到这个人,这个手中掌握着我的命运的人,他,由于稀奇古怪的巧遇,鬼使神差地跟我有了因缘。我心中放不下这个挺身而出去解救我所爱的姑娘的人,他那轻率冒失的残忍,那嗜血成性的习惯!普加乔夫不知道她就是米罗诺夫上尉的女儿;恶毒的施瓦布林会向他揭发一切的,普加乔夫也会通过其他方式了解真情……那时候玛丽娅·伊凡诺芙娜将会怎样?我浑身发冷,头发都竖立起来了。

忽然普加乔夫打断了我的思索,他问我:

"老爷,请问你在想些啥?"

"怎么能不想呢,"我回答说,"我是一个军官,还是个贵族,昨天还在跟你打仗,可今天跟你乘一辆车同行,而且我终生的幸福都要由你来决定。"

"咋的?"普加乔夫问道,"你害怕啦?"

我回答说,他已宽饶过我的一次罪过,而现在我不仅企望得到他的宽饶,而且还想要他来帮助我。

"你说对啦,你可真说对啦!"自封为王者说,"您瞧见了,我的孩子们都斜着眼睛看你,老头儿今天还非说你是个奸细,该把你吊起来拷问,可我不同意,"他压低了声音又说下去,免得萨维里奇和那个鞑靼人听见他的话,"因为我记得你那杯酒跟你那件兔皮袄。你瞧,我还不是那么一个喝人血的家伙,像你们的弟兄们说的那个样。"

我想起了他占领白山要塞时的情景,可是我认为没有必要跟他争论,便没有回答。

"奥伦堡的人都是怎么说我的?"普加乔夫沉默了一小会,又问我。

"人家说,你这人不大好对付;没啥好说的,你已经声名在外了。"

自封为王者的脸上显出一种得意的自尊。"是呀!"他带着高兴的神情说,"我可是很会打仗的呀。你们在奥伦堡的人知不知道尤塞耶瓦旁边的那一仗①?干掉了四十个将军,四支部队当了俘虏。你咋个想法:普鲁士皇帝②能跟我较量吗?"

这个强盗的海口让我觉得可笑,"你自己怎么想呢?"我对他说,"你能对付得了腓特烈吗?"

"对付费奥陀尔·费奥陀罗维奇③?咋的不行?我不是打败了你们的那些将军吗;他们可是打败了他的。直到今天,我的队伍是运气很好的。给我时间,我还要打到莫斯科去呢。"

"你还想去莫斯科?"

自封为王者稍稍思索了一下,低声地说:"天晓得。我的路窄得很,我不能随心随意。我的孩子们都自作主张,他们是一伙强盗,我非得把耳朵放尖些;一场败仗,他们就会拿我的脑袋去赎自己的脖子的。"

"这就对啦!"我对普加乔夫说,"你若是自己丢开他们岂不

---

① 那一仗,指1773年,普加乔夫率众于尤塞耶瓦村(距奥伦堡120俄里)附近击败朝廷派去解救奥伦堡的部队。
② 普鲁士皇帝,指普鲁士国王腓特烈二世(1712—1786),俄国军队曾于1760年打败他。
③ 费奥陀尔·费奥陀罗维奇,即腓特烈二世,这是俄国式的人名称呼法,意为"腓特烈的儿子腓特烈"。

更好些,趁早,去求女皇恩赦怎么样?"

普加乔夫一声大笑。"不,"他回答说,"我后悔也晚啦。不会饶了我的。我要一直干到底。谁知道呢?或许能成功也不一定!格利什卡·奥特烈皮耶夫不也当过莫斯科的沙皇吗!"

"那你知道他的下场吗?他被人从窗子里抛出去,砍了头,烧成灰,还把他的骨灰装进大炮里给轰出去!"

"你听着,"普加乔夫带着一种异样的兴奋说,"给你说个故事,我小时候听一个卡尔梅克老婆子说的。有一天,老鹰问乌鸦:'你说呀,乌鸦子,为啥你在世上能活三百年,可我总共才活三十三年?''为的是,老爷呀,'乌鸦回答它,'你喝鲜血,可我只吃死肉呀。'老鹰想了想:'咱来试一试,吃同样的东西。''好的。'老鹰跟乌鸦飞起来。它们看见一匹死马;它们落下来。乌鸦就啄呀吃呀,夸说好东西呀。老鹰啄一口,再啄一口,就扇扇翅膀,对乌鸦说:'不行,乌鸦老兄,吃三百年死肉,还不如喝一回鲜血,再听天由命!'这个卡尔梅克的故事咋样呢?"

"有意思,"我回答他,"可是靠当杀人凶犯和强盗活着,依我看,就跟啄死尸一个样。"

普加乔夫惊异地望我一眼,什么也没回答。我们都沉默着,各人陷入自己的沉思。鞑靼人拖长嗓子唱起一支忧郁的歌;萨维里奇在打盹,坐在驾车座上摇晃着身子。篷车在冬季光滑的道路上飞奔……忽然我望见,陡峭的亚伊克河岸上有一座小小的村落,有木栅和一座小钟楼——又过了一刻钟,我们驶进了白山要塞。

第十二章

> 像是我们的、我们的小苹果树儿,
> 她没有顶梢呀,没有枝杈;
> 像是我们的、我们的小郡主儿,
> 她没有亲爹呀,没有亲妈。
> 没人为她打扮呀,为她梳妆,
> 没人为她祝福呀,祈祷上苍。
>
> 婚礼歌①

篷车驶向司令家房子的阶前。百姓们听出了普加乔夫的铃声,成群地跟在我们车后奔跑。施瓦布林在台阶上迎接自封的皇上。他穿着哥萨克人的衣装,还留了胡须。这个叛徒扶普加乔夫下了篷车,用些阿谀下贱的言词表示他很高兴,也很忠心。他看见我时,显得不安了,但是马上就稳住了神,向我伸出一只手,同时说:"你也是我们的人了?早该如此!"我扭过身去,什么也没回答他。

当我们走进了那间早已熟悉的屋子时,我的心酸了。那墙上依旧挂着死去的司令的军官证书,像是过去时间的一篇碑文。普加乔夫坐在那张沙发上,就是从前伊凡·库兹米奇坐在那儿打盹、听他老伴不停地唠叨的那张沙发。施瓦布林亲自为他端来伏特加。普加乔夫喝了一小杯,便向他说话,先用手指着我:"你也敬这位老爷一杯。"施瓦布林端起托盘向我走来;可是我再

---

① 原为俄罗斯民歌,作者有更动。

次扭过身去不理睬他。他好不自在,凭他一向的机灵,他,当然,猜出普加乔夫对他有所不满。他在他面前很胆怯,而又满怀狐疑地用眼睛瞟我,普加乔夫询问了要塞的情况,问了有关敌军的传闻,以及诸如此类的事后,便出其不意地忽然问他:"你说说,老弟,你身边扣押着一个啥子姑娘?把她交给我看看。"

施瓦布林脸色一下子变白了,像死人一样。"皇上,"他话音颤抖地说,"皇上,她不是扣押着……她在生病……她在楼上小房间里躺着呢。"

"那就带我去看她。"自封为王者一边说,一边站起来。不可能再找借口躲闪了,施瓦布林带普加乔夫到玛丽娅·伊凡诺芙娜的小房间去。我跟上他们。

施瓦布林在楼梯上停住不走了。"皇上!"他说,"您有权随便叫我干什么;可是别让外人进我妻子的睡房去。"

我全身发抖。"这么说你娶了她!"我对施瓦布林说,真想要把他撕得粉碎。

"你别说话!"普加乔夫打断我,"这是我的事,可你,"他转向施瓦布林继续说,"别自作聪明,也别装腔:管她是不是你老婆,我高兴带谁去见她,就带谁。老爷,你跟我来。"

在小屋的门口施瓦布林又停住不走了,他结结巴巴地说:"皇上,我得先告诉您,她在发高烧,已经第三天了,不停地说胡话。"

"你开门。"普加乔夫说。

施瓦布林开始在衣袋里摸索,他说他没带上钥匙。普加乔夫用脚把门一踢,锁脱落了;门打开,我们走进屋里。

我一看,便呆住了,在地板上,坐着玛丽娅·伊凡诺芙娜,穿一件撕破的农家衣衫。她苍白、消瘦、头发蓬乱,面前放着一瓦罐水,一块面包压在瓦罐上。她一看见我,浑身一抖,便大叫起来。我当时怎么样,现在记不清了。

普加乔夫望了望施瓦布林,辛辣地嘲笑着说:"你这家医院倒办得挺不错嘛!"说罢,他走向玛丽娅·伊凡诺芙娜:"告诉我,宝贝儿,你丈夫为啥事情惩罚你?你在他面前咋做错啦?"

"我丈夫?"她照他的话说,"他不是我丈夫。我决不做他的妻子!要是没人来救我,我宁可去死,去死。"

普加乔夫严厉地望了施瓦布林一眼。"你竟敢哄我!"他对他说,"你知道不,你个无赖,你,你该当何罪?"

施瓦布林双膝点地跪下来……这时,一股轻蔑之情在我心头占了上风,胜过了种种的仇恨和愤怒。瞧着这个瘫倒在哥萨克亡命徒面前的贵族,我感到厌恶。这时普加乔夫口气缓和了:"我饶你这一回,"他对施瓦布林说,"可你记住,只要你再犯一回,我就连这笔账一齐算。"然后他转向玛丽娅·伊凡诺芙娜,亲切地对她说:"你出去吧,漂亮的姑娘;我给你自由,我是皇上。"

玛丽娅·伊凡诺芙娜匆匆地瞟他一眼,猜出她面前站着的正是杀害她父母亲的凶犯。她双手捂住脸,昏倒过去。我向她冲过去;然而,恰在这时,我的老相识帕拉莎非常勇敢地闯进屋里,她来照护她的小姐了。普加乔夫从屋里走出,我们三人来到客厅里。

"咋样?老爷?"普加乔夫笑着说,"咱们把个漂亮姑娘救出来啦!你是咋想的,要不要派人把牧师请来,给他的侄女儿举行婚礼?或许我能当个主婚人,施瓦布林当傧相,咱们乐起来、喝起来吧,把大门关上!"

我担心的事情发生了。施瓦布林听见普加乔夫的建议,他忍不住地发火了。"皇上!"他疯狂地大叫,"我有罪,我欺骗了您,可是格里尼奥夫也在骗您。这姑娘不是这儿牧师的侄女儿:她是伊凡·米罗诺夫的女儿,占领这个要塞时候杀掉的那个人。"

普加乔夫把他一双闪露出火光的眼睛盯在我脸上。"这又是咋回事?"他惶惑不解地问我。

"施瓦布林给你说的是实话。"我稳稳地回答他。

"这你没给我说过。"普加乔夫指出,他的脸色阴沉了。

"你自己想想看,"我回答他,"当着你的人,我能说米罗诺夫女儿还活着吗?要那么说,他们会把她活活弄死的。那就怎么也救不了她啦!"

"这也是实话,"普加乔夫说,他笑了笑,"我的那些酒鬼怕是饶不过一个可怜姑娘的。牧师太太这个老太婆瞒过了他们,她干得好呀。"

"你听我说,"我看他心怀善意,就接着说,"怎么称呼你,我不知道,也不想知道……可是上帝看见,我甘愿把我的生命给了你,报答你为我做的事。只是请你别要我做违背我荣誉和我基督徒良心的事情。你是我的恩人,求你把好事做到底:放我跟这可怜的孤女一齐走,放我们去上帝指引的地方。而我们,不管你在哪里,不管你发生什么事,都会每天祷告上帝,祈求他拯救你有罪的灵魂……"

普加乔夫粗犷的灵魂似乎受到了感动。"好吧,就依你的!"他说,"该杀的杀,该宽的宽:这就是我的规矩。你把你的美人儿带上,随你带她去哪儿,上帝保佑你们夫妻恩爱!"

这时他对施瓦布林说话,吩咐说,凡是他所管辖的关卡和要塞都给我放行。施瓦布林这时全然不知所措了,木头一样呆呆地立在那里。普加乔夫去巡视要塞,施瓦布林陪上他;我借口准备上路,没有跟他去。

我奔向楼上的小屋。门锁着,我敲门。"是谁?"帕拉莎问道。我应了一声。玛丽娅·伊凡诺芙娜可爱的声音便从门里传出来:"等一会儿,彼得·安德烈依奇。我在换衣裳。您到阿库琳娜·潘菲诺芙娜那儿去,我这就去那儿。"

我听她的,去了盖拉西姆牧师家。他跟太太跑出来迎我。萨维里奇已经先对他们说了。"您好呀,彼得·安德烈依奇,"牧师太太说,"上帝又让我们见面啦。您过得好吗?我们天天都在念叨您。玛丽娅·伊凡诺芙娜她没有您可是受够了罪啊,我的小宝贝儿!……您说说,我的老爷,您跟普加乔夫怎么搞得这么好?他怎么不把您给杀了?好吧,为这个也该谢这强盗。""得了吧,老太婆,"盖拉西姆牧师打断她,"别知道个啥就都扯出来。言多必失哟。彼得·安德烈依奇老爷!请进来,快请,好久好久没见您啦。"

牧师太太把她能弄到的东西全都拿出来款待我。一边嘴里没停地唠叨。她告诉我,施瓦布林怎么强迫他们把玛丽娅·伊凡诺芙娜交出来给他;玛丽娅·伊凡诺芙娜怎么哭着不肯离开他们;玛丽娅·伊凡诺芙娜怎么一直跟她保持着联络,通过帕拉莎(机灵的丫头,她连那个军士都弄得听她摆布);她怎么劝玛丽娅·伊凡诺芙娜给我写信,以及其他等等。我也简单地给她讲了自己的经历。牧师夫妇俩听说普加乔夫知道受了他们的骗,都在画十字感谢上帝。"是上帝在保佑我们!"阿库琳娜·潘菲诺芙娜说,"愿上帝驱散这片乌云吧。那个亚历克赛·伊凡内奇,没啥可说的:好一个坏东西!"恰当此时,门开了,玛丽娅·伊凡诺芙娜苍白的脸上挂着微笑走进来。她脱掉了农家衣裳,穿得像从前一样,朴素而动人。

我一把拉住她的手,好久说不出一句话。我俩心里都填得满满的,说不出话来。我们的主人察觉到我们顾不到他们,便走开了,只剩下我们两个人。一切都被忘却了。我们说个没完。玛丽娅·伊凡诺芙娜把她遭遇的一切都说给我听,从要塞被占领的那一刻说起,她向我尽情描述了她处境是如何的可怕,卑鄙的施瓦布林叫她遭受种种折磨。我们还回忆了过去幸福的时光……我们俩都哭了……最后我向她说出我的打算。把她留在要塞里,在普加乔夫统治和施瓦布林管辖下,这是绝对不行的。也不能想象到奥伦堡去住,那儿正遭受种种围困的磨难。她在世上已无亲人,我提议她到我父母亲的庄园去。开头她还犹豫:她知道我父亲不喜欢她,她很害怕。我叫她放心。我知道,我父亲会认为,接受一个为国捐躯的有功劳的军人的女儿是一种荣幸和不容推辞的义务。"亲爱的玛丽娅·伊凡诺芙娜!"我最后说,"我把你看做是我的妻子。奇特的遭遇使我们紧紧联结在一起,世上什么东西也永远不能把我们分开。"玛丽娅·伊凡诺芙娜坦诚地听我说话,毫不矫揉造作地害羞,也毫不假意推托。她感觉到,她的命运跟我的命运已经结合在一起了。然而她一再说,非要先得到我父母亲的同意,才能做我的妻子,我也不反对。我们热烈地、真心地亲吻了——于是,我们之间的一切便都决定了。

一小时后,一个军士给我拿来通行证,上面有普加乔夫歪歪扭扭的签名,还说他叫我去见他。我见他已准备好上路了。我说不清跟他告别时我的感受如何,人人都把他看做是一个可怕的人,看做魔鬼,看做恶棍,只除了我一个人。干吗不说实话?在这一分钟里,一种强烈的同情使我愿意跟他亲近。我热切希望把他从他所率领的那群恶人当中拖出来,趁还来得及,救他不被杀头。施瓦布林和村民们围在我们四周,让我没能把充满心头的话都说出来。

我们友好地分别了。普加乔夫看见人群中有阿库琳娜·潘菲诺芙娜,用一根手指头威吓她,还意味深长地眨了眨眼睛;然后他坐上篷车,吩咐去别尔达。马儿开步了,他再一次探身车外,向我喊道:"再见了,老爷!或许啥时候能再见面。"后来我真的又和他见面了,然而是在怎样的情况下啊!……

　　普加乔夫走了,我久久地注视着那片白色的草原,他的三驾车正在那儿奔驰。村民们各自走散,施瓦布林不见了。我回到牧师家里。我们出发的一切准备已经做好,我不想再搁延,我们的东西都已经放在了司令那辆老旧的马车里。车夫转眼间就套好了马。玛丽娅·伊凡诺芙娜去向自己双亲的墓地告别,他们埋葬在教堂的后面。我本想陪伴她,而她要我让她独自一个人去。几分钟后她回来,默默地流着眼泪,马车赶过来了。盖拉西姆牧师和他妻子出来站在台阶上。我们三人坐进车子:玛丽娅·伊凡诺芙娜、帕拉莎和我,萨维里奇去坐在赶车人身边。"再见啦,玛丽娅·伊凡诺芙娜,我的宝贝儿!再见啦,彼得·安德烈依奇,我们的漂亮小伙子!"好心肠的牧师太太说,"一路平安,上帝赐福给你们俩!"我们动身了。在司令家屋子的窗口上,我看见施瓦布林站在那儿,他脸上流露出一种阴沉的仇恨。我不想在这个一败涂地的敌人面前洋洋得意,便把眼睛转向另一边。终于我们驶出村寨的大门,永远地离开了白山要塞。

第十三章

逮 捕

别生气,老爷,我公务在身,
必须立即把你送进牢狱门。
——好吧,我遵命;但是我希望,
准许我事先来申诉情况。

克尼亚日宁①

  我跟亲爱的姑娘如此出乎意料地结合在一起了。今天早晨我还在多么难过地为她操心呢。我连我自己也不相信了,以为我所遇到的这一切都是一场春梦。玛丽娅·伊凡诺芙娜若有所思地时而望着我,时而望着大路,仿佛她还没来得及清醒,没有定下神来。我俩都不说话,我们的心都太疲惫了。不知不觉间,大约两小时过后,我们到达了临近的要塞,也是在普加乔夫统治之下的。我们在这儿换了马。马套得非常迅速,普加乔夫委任的司令,一个大胡子的哥萨克,待我殷勤而麻利,从这些事情上我看出,由于送我们来的车夫多嘴多舌,他们把我当做宫廷的宠臣来接待了。

  我们向前进发。天开始黑下来。我们走近一个小城镇,据大胡子的哥萨克说,那儿正有一支强大的部队,是去跟自封为王者会合的。哨兵拦住了我们,问道:车上是谁?车夫大声地回答:"皇上的干亲家跟他太太。"忽然一群骠骑兵把我们围住,骂得好吓人。"出来,魔鬼的干亲家!"一个蓄口髭的骑兵中士对我

---

① 这四行诗并非克尼亚日宁所作,作者借用了他的名字。

说,"你有得苦头吃的,还有你太太!"

我从篷车里出来,要他们带我去见长官。一看见当官的,士兵们便停住不骂了。骑兵中士带我去见少校。萨维里奇一步也不离开我,嘴里反复地自言自语:"瞧你个皇上的干亲家!刚离火,又进焰……老天爷啊,怎么个了结呀?"篷车一步步跟在我们的身后。

五分钟后,我们到达一座小屋前,屋里灯火通明,骑兵中士让哨兵看着我,自己去通报我的事。他立即回来,对我说,长官没空接见我,叫把我关起来,把太太带去见他。

"这怎么说?"我狂怒地喊叫,"他未必发了疯?"

"这我不知道,老爷,"骑兵中士回答说,"只是长官命令把您老爷关起来,把太太带去见长官,老爷!"

我冲上台阶,卫兵没想到要拦住我,我就直往屋里奔,屋里有六个骑兵军官在打牌,少校正在发牌,我多么惊奇呀,当我一眼望见他,就认出了伊凡·伊凡诺维奇·祖林来,就是那个有一回在辛比尔斯克客店里赢我钱的那个祖林呀!

"这可能吗?"我大喊起来,"伊凡·伊凡内奇!是你?"

"哎呀呀,彼得·安德烈依奇!你怎么来啦?你从哪儿来?您好哇,老弟。不想玩一副?"

"谢谢。顶好请你下命令给我间房子住。"

"你要什么样的住处?就住我这儿。"

"不行,我不是一个人。"

"咹,把你的伙伴也带到这儿来。"

"我不是跟伙伴。我……跟一位女士。"

"跟一位女士!你在哪儿勾上她的?唉嗨,老弟呀!"(说着这句话,祖林意味深长地吹起了口哨,大家都哈哈大笑,我非常地难为情。)

"哎，"祖林接着说下去，"就这么着，你会有房间的。而可惜……我们该像老样子大吃大喝一顿……嘿！小伙子！干吗不把普加乔夫的干亲家母带到这儿来？要么是她使性子啦？给她说，叫她别害怕，老爷是顶好不过的，决不会欺侮她，只不过是好好儿给她一顿揍。"

"你这是干吗？"我对祖林说，"什么普加乔夫的干亲家母？这是已故上尉米诺罗夫的女儿呀。我把她解救出来，送她到我父母亲的村子去，把她留在那儿。"

"怎么！这么说他们给我报告的人就是你？老天饶恕，这是怎么回事儿？"

"以后都说给你听。可这会儿，要安慰一下可怜的姑娘，你的骠骑兵把她吓坏啦。"

祖林立即作了安排。他亲自走到街上，向玛丽娅·伊凡诺芙娜道歉，说这是一个并非故意的误会，他命令军士把镇上最好的住房给她。我则与他一同过夜。

吃罢晚饭，只剩下我们两人了，我把我的惊险故事讲给他听。祖林非常仔细地听我述说，当我结束了我的叙述时，他摇摇头说："这些事儿，老弟，都很好，只有一点不好：你干吗鬼迷心窍要结婚？我身为一个正直的军官，不愿意向你隐瞒：你该相信我，结婚是瞎胡闹。你怎么照顾老婆，怎么抚养孩子呢？哎，去它的。听我一句话：跟上尉的女儿断了吧。去辛比尔斯克的道路我已经扫清了，没有危险。明天就打发她一个人去找你父母，你自己留在我的部队里。回奥伦堡没一点儿意思，你还会落入叛匪的手里！那你就未必能再次逃脱了。这样一来，你那股谈恋爱的傻劲儿自会过去，一切都会很好的。"

虽然我不尽同意他的话，但是我感到，对荣誉所承担的责任要求我留在女皇的队伍里。我决心听从祖林的劝告：送玛丽娅·

伊凡诺芙娜去我家乡下,自己留在他部队里。

萨维里奇来帮我脱衣服,我对他说,叫他准备明天跟玛丽娅·伊凡诺芙娜一同上路。他坚决不肯:"你咋的啦,少爷?我咋能把你丢下?谁来伺候你?叫我咋给你爹妈说?"

我知道这老仆人有多固执,想到用好言好语和真诚来说动他。"你是我的朋友呀,阿尔希普·萨维里奇!"我对他说,"别拒绝我,行行好吧:我在这儿不需要人伺候,而如果玛丽娅·伊凡诺芙娜一路上没有你照应,我会不放心的。伺候她,就是伺候我,我已经坚决地决定,一等待情况许可,就娶她为妻。"

这时萨维里奇双手一拍,形容不出有多么惊讶。"娶她!"他重复一句,"一个娃娃家就想讨老婆!你爹会咋说,你娘会咋想呢?"

"他们会同意的,一定会同意的,"我回答说,"他们了解了玛丽娅·伊凡诺芙娜后就会同意的。我寄希望于你。父亲和母亲相信你的话,你会替我们说情的,是不是?"

老头儿被感动了。"唉,我的彼得·安德烈依奇少爷呀!"他回答,"虽说你想娶亲还早了点儿,可玛丽娅·伊凡诺芙娜是那么好的个姑娘,错过这机会真是罪过。就听你的吧!我送她,这个天仙女,上路去,还要恭恭敬敬禀告你父母,说这样的好媳妇是用不着陪嫁的。"

我谢过了萨维里奇,便和祖林在一个房间里睡下了。我又兴奋、又激动,话说个没完。祖林开始还高兴跟我聊,渐渐地,他话愈来愈少、愈零乱,到后来,本该回答我个什么问题,他却打起呼噜来,鼾声大作。我也不说话了,马上也就跟他一个样了。

次日清晨,我去见玛丽娅·伊凡诺芙娜。我告诉了她我的打算。她认为我这样决定有道理,立刻就同意了。祖林的队伍应该当天开拔,不能搁延。我当即和玛丽娅·伊凡诺芙娜告别,把她托付给萨维里奇,又给双亲写了一封信,这时玛丽娅·伊凡诺芙娜哭了。"再见了,彼得·安德烈依奇!"她轻声说,"我们能不能再见面,只有天知道;可我永不会忘记您,到死我心里也只有您一个人。"我什么话也答不出。周围尽是人。我不愿在他们面前显出内心激动的感情。终于她动身走了,我忧郁沉默地回到祖林身边。他想让我快活,我也想让自己散一散心:我们这一天过得喧腾而狂暴,到黄昏,部队便开拔了。

这是二月底间的事,冬天使得军事活动难以安排,但它终于过去了,于是我们的将军们准备来一次配合行动。普加乔夫仍旧停留在奥伦堡近郊,而从四面八方来的军队在他周围集结,正逼近匪巢。一些叛乱的村庄一见到我们的军队便倒戈归顺;我们所到之处,一伙伙匪徒望风逃窜,所有这些都预示着战事将迅速顺利地结束。

不久在塔吉谢瓦要塞附近,哥里岑公爵击溃了普加乔夫,驱散了他的匪群,解了奥伦堡的围,看样子,这是给予这场叛变的最后的决定性的一击。祖林这时受命去狙击一伙叛乱的巴什基尔人。这些人不等我们看见,便四处逃散了。春天把我们困在了一个鞑靼人的小村庄里,一条条溪流都在泛滥,各条道路都无法通行。我们念叨着赶快结束这场对付暴徒和野蛮人的琐碎无聊的战争,就靠这种念叨消磨着无所事事的光阴。

然而普加乔夫没有捉到。他在西伯利亚一些工厂里出现,又在那儿纠集新的匪帮,重新开始作乱。又传播着关于他处处获胜的流言,我们得到几个西伯利亚要塞被摧毁的消息。不久,又传来消息,说喀山失守,自封为王者向莫斯科进军,部队的长官们大吃一惊,他们本来正高枕无忧,寄希望于无耻匪徒的软弱。祖林接到命令,要部队开到伏尔加河对岸去①。

关于我们如何行军,战事如何结束,我就不详述了。长话短说,灾难已经走到极点。我们行军通过的一些村落都已被匪徒洗劫一空,而我们又不得不从可怜的村民那里搜刮来他们所能藏下的东西。所到之处都无人管理,地主们躲进林子里,叛匪的团伙四处作恶;各个部队的长官自作主张,任意赏罚;这片广阔的地带上,处处烽火肆虐,情况非常怕人……愿上帝保佑,别让你见到这场俄罗斯的叛乱吧,它毫无意义,它惨不忍睹!

普加乔夫逃跑了,伊凡·伊凡诺维奇·米海尔松②在追击他。很快我们便听到他全军覆没的消息。终于,祖林获知,自封为王者已被擒获,同时也得到停止前进的命令。

战争结束了。终于我可以去见我的双亲了!一想到我将拥抱他们,将见到我至今未得她音信的玛丽娅·伊凡诺芙娜,我欣喜若狂。我像个孩子似的跳了起来。祖林拍着我的肩头笑着说:"不啊,你可倒霉啦。一娶老婆——你就一钱不值地完蛋啦!"

而这时,一种奇特的感情令我大为扫兴:我想到那个沾满许多无辜牺牲者鲜血的恶人,想到等待着他的死刑,我不由地心潮激荡:叶米良,叶米良③,我痛苦地思索着,你干吗不去撞在刀尖上,倒在枪弹下?你再也想不出更好的办法了。你说叫我怎么办?一想到他,我就会想到我生命的那可怕的一刻中,他曾经给予我的宽恕,想到他从卑鄙的施瓦布林手中解救过我的未婚妻。

祖林准了我假。几天以后,我就能重新回到我的家人中间,

---

① 此处以下原有一章,由作者本人删去,见别稿一。
② 伊凡·伊凡诺维奇·米海尔松,普加乔夫起义的主要镇压者,此人极为残酷,1774年8月率部击溃普加乔夫起义军。
③ 叶米良,普加乔夫的名字。

又见到我的玛丽娅·伊凡诺芙娜……忽然,一场突如其来的雷电击中了我。

在预定出发的那一天,正当我收拾好要上路的那顷刻间,祖林来到我住的茅屋里,手里捏着一张纸,脸色特别地焦虑。我心里被什么东西刺了一下。我害怕了。自己也不知是为什么。他叫我的勤务兵出去,告诉我,有件涉及我的事。"什么事?"我不安地问道。"一个小小的麻烦。"他回说,同时把那张纸递给我。"你念一下,我刚收到的。"我读起来。是一份密令,发给所有部队长官的,让他们随时随地逮捕我,立即押送喀山,交给普加乔夫案审讯委员会。

那张纸差点从我手里落下来。"毫无办法,"祖林说,"我有责任服从命令。大概是,人们传说,你跟普加乔夫一道朋友似的旅行,这话不知怎么传到政府那里去了。但愿这事不会有什么后果,让你能在委员会里洗刷清楚。别丧气,动身吧。"

我的良心是干净的,我不怕审判;但是一想到那甜蜜的重逢时刻将被拖延,很可能拖延好几个月——我真怕极了。车子已经备好,祖林亲切地跟我道别。我被押上车,两个骠骑兵手持出鞘的军刀坐在我身边,我就沿着大路出发了。

第十四章

审　判

> 人世间的流言，
> 大海中的波澜。
>
> 民谚

我相信，我的错误不过是擅自离开奥伦堡而已。这我很容易说清：单骑出击不仅是从来没有禁止过，而且还竭力在提倡。我可能被指控为过分轻率，而不会定个不听指挥的罪名。然而我跟普加乔夫的友好关系可能有许多人出来证明，这至少应该说是极为重大的嫌疑。我一路上都在思考着我即将面临的审讯，我反复周到地考虑了自己的回答，决定在法庭上全说真话。我认为这个辩解自己的办法是最简单而同时又是最可靠的。

我到达焚烧一空的喀山。沿街没有房舍，只有一堆堆灰烬，耸立着一堵堵没有屋顶没有窗户的墙壁。这就是普加乔夫留下的痕迹！我被带进要塞，这是被大火烧毁的城市中硕果仅存的完整房舍。两个骠骑兵把我交给了守卫的军官。他吩咐叫铁匠来，给我钉上了脚镣，钉得结结实实的。然后把我带进牢房，我一个人被关在一间又窄又暗的小囚室里，四壁光秃，一扇小小的窗户，用铁栏杆封着。

这样的开端没给我一点儿好兆头。但是我既没失去勇气，也未失去希望，我求助于一切受苦者所共用的那个寻求慰藉的方法，生平第一次品尝了祈祷的甜美。这祈祷是出自一颗纯洁的、但又是破碎了的心灵。于是我安然入睡，一点儿也不操心我将遭遇到什么。

第二天,牢房看守唤醒我,说叫我到委员会去。两个士兵领我穿过庭院去司令的屋子,他们在前厅留下,只放我一个人到里屋去。

　　我走进一间相当宽敞的大厅。桌子上铺着些纸张,桌前坐着两个人:一个上了些年纪的将军,面容严厉而冷峻,一个年轻的近卫军上尉,大约二十七八岁,长相很讨人喜欢,举止随意而自如。窗前另外的一张桌子上坐着个文书,耳朵上架支鹅毛笔,他俯身在纸上,准备记录我的口供。审讯开始。问了我的姓名、职衔。将军问我,是不是安德烈·彼得罗维奇·格里尼奥夫的儿子?听我回答,他正颜说:"可惜呀,这么一个可尊敬的人竟有这样一个配不上他的儿子!"我平心静气地回答说,无论指控我什么罪名,我希望凭良心说明的事实能使之烟消云散。他不喜欢我的话。"你呀,老弟,很机灵,"他皱着眉头对我说,"可我们见过比你更机灵的!"

　　这时那个年轻人问我:在什么情况下,什么时候我为普加乔夫效力,他利用我去办过什么事?

　　我愤怒地回答说,我,一个军官和贵族,从没给普加乔夫效过什么力,也不可能从他那里接受任何委托。

　　"那么为什么,"审讯我的人反驳说,"只有这一位军官和贵族受到自封为王者的宽饶,而所有他的同事都惨遭杀害呢?为什么这一位军官和贵族能亲朋厚友一般跟叛乱分子们一同大吃大喝,从恶徒首领那儿得到礼品——大衣、马匹,还有半个卢布?这种稀奇古怪的友谊从何而来,根据何在,假如说不是变节,那至少是卑劣有罪的怯懦?"

　　近卫军官的几句话深深地侮辱了我,我激烈地为自己辩白起来。我讲述了在那场暴风雪中,我怎样在草原上与普加乔夫开始相识,在白山要塞被占的时候,他怎样认出并宽恕了我。我说,一件皮袄,一匹马,的确,我从自封为王者那里接受过,当时并没觉得问心有愧;但我是跟恶徒们战斗,保卫白山要塞,直到最后关头的呀。到后来,我还提出了我的那位将军,说他能证明在奥伦堡之围的艰难时刻我曾经怎样效力。

这位严厉的老头儿从桌上拿起一封已经拆开的信,大声读起来:

"大人问及少尉格里尼奥夫似曾涉及此次叛乱,与恶徒交往,违反军纪,以身事贼,背弃誓言等情,谨述如下:该少尉格里尼奥夫供职于奥伦堡时间为去年即1773年10月初至本年2月24日,是日他离城而去,从此已不再听命于我。据降匪传称,他曾至普加乔夫所在之村落,并与之偕行赴白山要塞,即他原先供职所在;有关其行为,我可……"这时他停住不读,严厉地对我说:"现在你还有什么可以辩解的?"

我本想像开头时一样继续说下去,说明我跟玛丽娅·伊凡诺芙娜的关系,跟说所有别的事一样坦诚地讲述。但是忽然我感到一种无法克制的厌恶。我想到,假如我提到她,那么委员会将会要求她出庭受审;一想到将使她的名字涉及那群恶徒们的卑劣诽谤之中,还要把她本人传来跟这些人对质,这太可怕了,一想到这个,我感到震惊,我犹豫了,不知怎样办才好。

审问我的人们开头似乎还带几分善意在倾听我的回答,一见我惶乱,便重又对我有了成见。近卫军官要求我跟几个主要告发者当庭对质。将军命令传**昨天那个恶棍**出庭。我连忙转身向着门,等候我的告发者出场。几分钟后,听到镣铐的响声,门开了,走进来的是施瓦布林。他的变化令我惊讶。他瘦得怕人,面色苍白。他的头发不久前还是油黑的,现在已是一片花白;长长的胡须乱蓬蓬的。他用微弱然而放肆的声音把他的指控又说一遍,依他说来,我是普加乔夫派到奥伦堡去当暗探的。我每天骑马出击是为了传递有关城内情况的书面情报;最后说我公然投降了自封为王者,陪他一个要塞一个要塞地巡视,极力用各种办法谋害跟自己一同叛变的人,为的是取得他们的职位,占有自封为王者奖给他们的赏赐。我默默地听他说完,他的话中有一点我很满意:玛丽娅·伊凡诺芙娜的名字没从这个卑鄙的恶棍嘴巴里讲出来,这想必是因为想起她曾经轻蔑地拒绝过他,他的自尊心感到伤害? 想必是因为,他心头也藏有使我保持沉默的那同一种感情的火花? 反正是,白山要塞司令女儿的名字没有在委员会上提到过。这时我的意图更加坚定了,当法官问我:能用什么驳倒施瓦布林的证词时,我回答说,我仍是原先的解释,不能为辩解自己再说什么话。将军命令把我们带下去。我们一同向外走,我平静地朝施瓦布林望一眼,但没有跟他说一句话。他以一种充满恶意的嘲弄态度对我笑了笑,伸手抬起自己的镣铐,赶在我前面,加快脚步走开了。我又被带进牢房,这以后,再没有提审过我。

下边我还要给读者讲述的事都不是我亲眼所见,可是我听人家讲这个听得实在太多,所以连最小的细节都深深刻入我的记忆中,我觉得我好像也是个目击者,只是没人看见我。

我的双亲接待玛丽娅·伊凡诺芙娜时那种真诚的亲切,是老一辈人们所特有的。他们认为这是上帝的恩典,让他们有幸接纳和养护一个可怜的孤女。没有多久,他们便出自内心地喜欢上她,因为,了解她而又不爱她,这是不可能的事。父亲已经不把我的爱情看做无聊的儿戏,而母亲只盼望着她的乖儿子彼得鲁沙能娶到这位可爱的上尉的女儿。

我被捕的消息让全家惊恐。玛丽娅·伊凡诺芙娜坦然地给我父母讲述了我跟普加乔夫奇特的相识,所以这不仅没让他们心中不安,反而使他们不时发自内心地笑出声来。父亲不肯相信说我可能参与卑鄙的反叛,因为这反叛的目的是要推翻王位和灭绝贵族。他严厉地盘问了萨维里奇。老仆人并没隐瞒,他说,少爷在叶米良·普加乔夫那儿做过几次客,那个恶棍也很赏识少爷;但是他发誓说,他没听说过任何什么投降变节的事。老人们安心了,他们便急切地等候着好消息。玛丽娅·伊凡诺芙娜非常焦急不安,但是她默不作声,她这人天性上拥有最大限度的谦虚和谨慎。

几个星期过去了……忽然父亲收到我家亲戚柏公爵从彼得堡送来的信。公爵告诉他关于我的事。几句照例的客套之后,他对父亲说,我参与暴徒谋反的嫌疑不幸被证明是极其有根据的,本该将我处以极刑,但女皇出于对老父功绩与年龄的尊重,决定宽赦这个犯罪的儿子,免去可耻的死罪,而下令遣送西伯利亚远疆,终身流放。

这一突然的打击差一点要了我父亲的命。他失去了一向的坚强,他让痛苦倾泻而出(平时他总是不说的),伤心地怨诉起来。"怎么!"他管不住自己了,反复地说,"我的儿子参加普加乔夫的谋反!公正的上帝啊,我活到这一步啦!女皇赦免他的死刑!难道这样我就好受啦?可怕的不是死刑哟!我的祖上是在刑谕台①上丧命的,他至死坚持自己良心视为神圣的东西;我父亲跟沃伦斯基和赫鲁晓夫②一同受过难。可是一个贵族背叛自己的誓言,跟暴徒缠在一起,跟杀人犯、逃亡的奴隶缠在一起……这是我们家族的奇耻大辱啊!……"母亲被他的绝望之情吓坏了,不敢当他面哭泣,竭力想要使他恢复生气,说传闻不足信,说常

---

① 刑谕台,指古代俄国宣读沙皇圣旨和行刑的高台。
② 沃伦斯基(1689—1740),安娜女皇的大臣,因反对宠臣庇龙,与其好友赫鲁晓夫一同受死。

人看法没个准。而我的父亲并不能得到安慰。

玛丽娅·伊凡诺芙娜比所有人都更痛苦。她坚信,只要我愿意,我能够为自己辩白,由此她猜到了真情,认为自己才是我不幸的原因,她隐瞒住自己的眼泪和痛苦,不让别人看见,同时不断地想各种办法,看怎样才能搭救我。

一天傍晚,父亲坐在沙发上,翻阅着宫廷年鉴,而他的思绪却远在天边,读年鉴并没有像平时那样对他起什么作用。他吹起口哨来,吹着一支古老的进行曲。母亲默默地在织一件绒线衫,泪水不时地滴落在她的活计上。这时,玛丽娅·伊凡诺芙娜,她也坐在那儿做针线,忽然说,她必须去彼得堡走一趟,她请求为她安排上路。母亲非常难过。"你去彼得堡干吗?"她说,"未必你,玛丽娅·伊凡诺芙娜也想要丢下我们?"玛丽娅·伊凡诺芙娜回答说,她今后的命运都系于这次出行,她是去找些有势力的人寻求庇护和帮助,她是一个忠贞一世、为国献身的人的女儿。

我父亲垂下了头,任何一句话,只要提醒他想到儿子的虚假的罪名,他都受不了,对他都是一种尖厉的责难。"你就去吧,好姑娘!"他叹一声气,对她说,"我们不想妨碍你的幸福。愿上帝赐给你个好人儿,不是个受过刑辱的叛徒,做你的丈夫。"他站起身来,走出房间去。

玛丽娅·伊凡诺芙娜单独跟母亲留下,便把她的打算给母亲说了一些。母亲流着泪拥抱她,祷告上帝,愿她能心想事成。玛丽娅·伊凡诺芙娜收拾起行装,几天以后便上路了。跟她随行的有忠实的帕拉莎和忠实的萨维里奇,萨维里奇自从被迫跟我分开后,他想,能伺候我的已经定下终身的未婚妻,至少是对自己的一种安慰。

玛丽娅·伊凡诺芙娜顺利地到达索菲亚①。她从驿站上知道,女皇陛下当时正在皇村,她便决定停留在那里。人家给她一个隔板隔开的小角落。驿站长的妻子马上跟她闲聊起来,对她说,她是皇宫里炉匠的侄女儿,还跟她说了宫廷生活的各种秘闻。她说到女皇平时几点钟睡醒,几点钟喝咖啡,几点钟散步;那时她身边都有哪几位大臣,昨天用膳时她说过什么话,晚上接见了什么人——总而言之,这位安娜·符拉西耶芙娜所说的话,值得用好几页史册记录下来,对后代极为珍贵。玛丽娅·伊凡诺芙娜仔细地听她谈说。她俩走进花园里。安娜·符拉西耶芙娜讲了每一条林荫道、每一座小桥的故事。玩得够了,她们回到驿站,彼此都对新朋友很是满意。

次日清晨,玛丽娅·伊凡诺芙娜一觉醒来,穿好衣裳,悄悄儿来到园中。这是一个美丽的早晨,阳光洒在菩提树梢,秋高气爽,菩提树的枝叶都已转黄了。宽阔的湖面一动不动地闪耀着光亮。几只天鹅从甜睡中惊起,仪态端庄地飞出围种在湖边的丛林。玛丽娅·伊凡诺芙娜来到一片美丽的草地边,那儿刚刚才为彼得·亚历山大罗维奇·鲁缅采夫②树立起一座纪念碑,表彰他在不久前获得的胜利。忽然间,一只白色的英国种小狗一边叫一边向她迎面奔来。玛丽娅·伊凡诺芙娜吓住了,便停住了脚步。就在这当儿,传来一个女人的悦耳的话音:"你别怕,它不咬人的。"于是玛丽娅·伊凡诺芙娜看见一位太太,她正坐在纪念碑前的长凳上。玛丽娅·伊凡诺芙娜去坐在凳子的另一

---

① 索菲亚,距离彼得堡二十二里路的一个市镇,也是换马的驿站,紧邻沙皇行宫皇村。
② 彼得·亚历山大罗维奇·鲁缅采夫,俄国将领,1776 年曾在土俄战争中击败奥斯曼帝国军队,沙皇为他在此立碑志贺。但此时是 1774 年,估计是作者偶误。

头。这位太太仔细地凝视着她,而玛丽娅·伊凡诺芙娜也斜着瞅了她几眼,把她从头到脚都看过了。这位太太身穿一件白色晨衣,戴一顶睡帽,套一件暖身的坎肩。她约莫四十岁上下,脸庞丰满而红润,显出庄严和安详,那一双蔚蓝色的眼睛和脸上浅浅的微笑含有一种超凡脱俗的难言之美。是这位太太首先打破了沉默。

"您,看起来,不像是本地人?"她说。

"是这样的,我昨天才从外省来。"

"您跟爹妈一块来的吧?"

"不是呢。我自个儿来的。"

"自个儿!可您还这么年轻呢。"

"我没有父亲,也没有母亲。"

"您在这儿,当然啰,是为了办什么事情?"

"是这样的。我是来找女皇求情的。"

"您是个孤女呀,大概,是有人待您不公平,欺侮您,来告状的?"

"不是呢。我是来求恩典的,不是求公道的。"

"请问:您是谁呢?"

"我是米罗诺夫上尉的女儿。"

"米罗诺夫上尉!就是那个白山要塞里的司令官?"

"是这样的。"

这位太太好像是被感动了。"请您原谅,"她用更加亲切的声音说,"假如我干预了您的事情。不过我常在宫里,请您给我说说,您求情求些什么,或许,我能帮帮您也不一定。"

玛丽娅·伊凡诺芙娜立起身来,恭恭敬敬地感谢了她。这位不相识的太太身上的一切都不由自主地吸引着她的心,给她以一种信任感。玛丽娅·伊凡诺芙娜从衣袋里摸出一张叠着的纸片,把它递给了她这位不相识的保护人,这位保护人便默默地读了起来。

起初她读得专心而且面带同情;但忽然她脸色变了——玛丽娅·伊凡诺芙娜两眼一直不停地注视着她的一举一动,她被这张脸上那严厉的表情吓住了,才一分钟前,这张脸是多么的愉快而安详。

"您是在为格里尼奥夫求情?"这位太太面色冷峻地说,"女皇不可能宽恕他,他投靠自封为王的人不是由于无知和轻信,而是因为他是个不道德的和不怀好意的恶棍。"

"啊,这不对!"玛丽娅·伊凡诺芙娜喊出声来。

"怎么不对!"这位太太生气了,她驳斥她说。

"不对哟,真是不对哟!这我全知道,我全都告诉您。他只是为了我一个人才遭受了落在他头上的一切的。要是说他不在法庭上辩白自己,那也只是因为不想连累我。"这时她激动地述说了我的读者已经知道的一切。

这位太太留意地听完她的话,然后她问:"您住哪儿?"听说她住在安娜·符拉西耶芙娜家,便含笑地说:"啊!我知道。再见吧,别对任何人说起我们见过面。但愿过不久您就会等到您这封信的回音。"

说完这句话,她立起身走进了一片浓密的林荫。玛丽娅·伊凡诺芙娜回到安娜·符拉西耶芙娜家里,心中充满快乐的希望。

女主人责怪她不该在秋天一大早出门散步,她说,这不利于年轻姑娘家的健康。她拿来茶炊。她一边喝着茶,正要没完没了地讲述宫廷的事情,忽然宫里的马车停在阶前,一个宫里当差的仆人进来说,女皇陛下召米罗诺娃姑娘进宫觐见。

安娜·符拉西耶芙娜大吃一惊,忙着张罗起来。"哎呀呀,老天爷!"她叫道,"女皇陛下召您进宫。她可是怎么知道您的呀!您可又怎么,好姑娘,去见女皇呀?您,我看呀,在宫里连怎么迈步都不会呀……要不我陪您去吧?我好歹能不管怎么的吧,提醒提醒您。您又怎么能穿一身上路的衣裳去呢?要不要去找接生婆借她那件黄袍子①来?"而宫里当差的说,女皇陛下要玛丽娅·伊凡诺芙娜一个人去,就穿随身的衣裳。没办法,玛丽娅·伊凡诺芙娜坐上车就进宫去了。安娜·符拉西耶芙娜给她出了许多主意和祝福她。

玛丽娅·伊凡诺芙娜已经感到我们的命运要被决定了;她的心跳得很猛,慌乱得很,几分钟后,车便停在了殿前。玛丽娅·伊凡诺芙娜战战兢兢地踏上一级级台阶。殿门迎她敞开。她走过一长串空空的豪华的房间;当差的给她引路。终于,来到一处关着的房门前,他说,他这就去通报,留下她一个人。

想到就要跟女皇对面相见,她好害怕,怕得几乎站不稳脚跟。一会儿,门开了,她走进女皇的梳妆室。

女皇坐在梳妆台前,几个宫廷侍从围在她身旁,他们恭敬地让玛丽娅·伊凡诺芙娜走近女皇。女皇亲切地跟她打招呼,这时玛丽娅·伊凡诺芙娜认出她就是几分钟前自己对之坦述心怀的那位太太。女皇把她召唤到跟前,微笑着对她说:"我很高兴,能对您信守诺言,满足您的请求。您的事了结啦。我相信您的未婚夫格里尼奥夫是无罪的。这是一封信,劳驾带去给您未来的公公。"

玛丽娅·伊凡诺芙娜用她颤抖的手接过信来,她哭了,她俯身在女皇脚下,女皇扶起她,还吻了她。女皇跟她交谈。"我知道,您没有钱,"她说,"可我欠着米罗诺夫上尉女儿的情呢。别为往后的事担心,我负责给您成家立业。"

女皇把可怜的孤女抚慰了一番,就放她走了。玛丽娅·伊凡诺芙娜还坐那辆宫廷马车离开。安娜·符拉西耶芙娜一直在焦急地等她回来,这会儿没完没了地问着她。玛丽娅·伊凡诺

---

① 黄袍子,指一种俄国古代贵族妇女所穿的宴会礼服。

芙娜多多少少地回答了她。安娜·符拉西耶芙娜虽是对她如此健忘不大满意，不过也认为，这是一种外省人的腼腆，就宽宏地原谅了她。当天玛丽娅·伊凡诺芙娜便回乡下去了，并没出于好奇去彼得堡到处看看。……

彼得·安德烈依奇·格里尼奥夫的笔记到此为止。从他家庭传下来的故事中知道，他1774年底被释放，是女皇下的命令；普加乔夫处死刑那天他也在场，在人群中这人认出了他，还对他点了点头，就是那颗头，一分钟后，它就死了，血淋淋的，拿去示众了。过后不久，彼得·安德烈依奇就娶了玛丽娅·伊凡诺芙娜。他们的后代在辛比尔斯克省安居乐业。——在距离××地三十里的地方，有一个村子，那里有上十户地主人家。在一家地主的厢房里，叶卡捷琳娜二世那封亲笔信装在玻璃镜框里供人观看。这是写给彼得·安德烈依奇的父亲的。信中写明赦免了他的儿子，还夸奖了米罗诺夫上尉的女儿，说她聪明、心肠好。彼得·安德烈依奇的手稿我们是从他的一个孙儿手里得到的，他听说我们在研究他祖父所描写过的那个年代。我们决定，取得亲属们的同意，将它单独刊印，只在每一章的前面加上一个合适的题辞，又擅自更换了几个人名。

出版者
1836年10月19日

译者按：
《上尉的女儿》于1833年开始撰写，即普希金在撰写《杜布罗夫斯基》的时候已经开始构思，小说于1836年9月完稿，并送书报审查机构，于当年发表在《现代人》杂志第四卷上。

別稿

(本章未收入《上尉的女儿》定稿中,只存草稿。其中格里尼奥夫称作布拉宁,而祖林称作格里尼奥夫,这部分别稿原应置于正文第十三章之中。)

略去的一章

我们走近伏尔加河岸;我们团开进××村,停下来过夜,村长告诉我,河对岸所有的村子全都造反了,到处都是普加乔夫匪帮。这消息让我非常不安。队伍次日清晨必须渡河。我焦急难挨。我父亲的村子在河那边三十里远的地方。我打听,能不能找到个摆渡人。这里农民全都是渔夫,小船多的是。我去见格里尼奥夫,告诉他我的打算。"当心点儿,"他告诉我,"一个人走危险呢,等到早晨吧。我们头一批摆渡,为防万一,咱俩带上五十名骠骑兵上您父母那儿去做客。"

我坚持己见。小船备好了,我带两个划船的坐进去,他们解开船缆,用力划去。

天色清朗,月光闪耀,风平浪静。伏尔加河平稳而安宁地流淌。小船儿轻轻地摇晃着,在黑黝黝的水波上疾速滑行。我沉入遐想。过了大约半小时,我们已经到达河中央……忽然两个划船的互相窃窃私语起来,"怎么?"我清醒过来,问一声。"不知道,天晓得。"船夫答道,向一边望去。我的两眼也转向那个方向,我看见黑暗中有个什么东西正顺着伏尔加河往下漂浮。那个不知是什么的东西愈来愈近了,我叫划船的停住等它。月亮隐入云端。那个漂浮的幽灵更模糊不清了。它离我已经很近,可我仍然看不清那是个什么。"到底是个啥,"两个划船的说,"帆不像帆,桅不像桅……"忽然间月光游出云层,把那个可怕的怪物照得通明。一个绞架,钉牢在一只木筏上,横梁上吊着三具尸体,正向我们迎面漂来。我被一种病态的好奇心控制着,我想要看一看吊死的人的面孔。

划船的人应我的吩咐用钩竿钩住木筏,我的小船撞在漂浮的绞架上。我纵身一跃,跳过去站在两根吓人的木柱中间。明亮的月光照耀着几个不幸者的面目全非的脸,其中一个是个楚瓦什族老年人;另一个是俄罗斯族农民,一个二十岁上下的强壮结实的小伙子。而一眼望见那第三个,我好不惊恐,忍不住痛苦地大喊一声:这是万卡呀!我可怜的万卡,他由于自己的愚蠢,投靠了普加乔夫。三个死人头顶上钉着一块黑木板,上面写着几个白色的大字:小偷和叛匪。划船的人无动于衷地观望着,用钩竿拉住木筏,等待着我。我重又坐进小船。木筏顺水漂去,那只绞架在暗夜中还久久地隐隐可见。终于它消失了——我的小船也靠上了高高的陡峭的河岸……

我大方地给划船的付了钱。他们当中的一个把我领到渡口附近村子的村长那里,我跟他一同走进茅屋。村长听说我要马,对我颇为粗暴,然而我的带路人悄悄对他说了几句话,他那副凶面孔马上就变了,变得非常殷勤。顷刻之间一辆三驾马车就备妥了,我坐进车里,吩咐拉我到我家村子去。

我在大道上奔驰,走过一个个熟睡的村庄。我只怕一件事:被人拦在大路上。如果说,我半夜在伏尔加河上所见的事证明这一带有反叛的暴徒,那么它也证明政府方面在奋力抵抗。反正我口袋里有普加乔夫给我的通行证,也有团长格里尼奥夫的放行令。然而我谁也没有碰见。清晨前,我见到一条河和一丛树林,再过去就是我家的村子了,车夫抽打着马,过一刻钟,我便驰进了×××村。

老爷的住宅在村子另一头,几匹马竭力飞奔。忽然车夫在街当中把马勒住,"怎么?"我焦急地问道。"有哨兵,老爷。"车夫回答说,他好不容易才勒住他那几匹跑疯了的马。果然,我看见了鹿砦①和一个手持木棍的岗哨。那农民走到我跟前,摘掉帽子,问我要通行证。"这是怎么啦?"我问他,"这儿干吗摆鹿砦?你是在给谁站岗?""这个嘛,我们,老兄,造反啦。"他说着伸手去搔着后脑勺。

"你们老爷在哪儿?"他重复我的问话,"我们老爷在谷仓里。"

"怎么会在谷仓里?"

"这个嘛,安德留什卡村长,把他们,你瞧,铐上脚镣啦,还要送去见皇上老子呢。"

"我的天啦!快搬开,笨蛋,这些鹿砦,你还愣着干吗?"

哨兵迟迟不动。我从车里跳出来,给他(对不起)一记耳光,自己动手把鹿砦移开,乡下人望着我,呆呆地莫明其妙。我又坐上车,叫赶快奔到老爷宅子去。谷仓在院子里。仓门锁着,两个农夫也手持木棍,看守着。马车正停在他们面前。"把门打开!"我对他们说。我的面容一定是非常吓人,至少是,他们俩扔下木棍就逃走了。我试图砸锁,撬门,可是门是橡木的,那把大锁也结实得很。恰当此时,一个身材高大的年轻农民从下房里出来,神气傲慢地问我,怎么竟敢在这里撒野。"村长安德留什卡去哪儿啦?"我冲他吼着,"叫他来见我。"

"我本人就是安德烈·阿法纳西耶维奇,不是什么安德留什

---

① 鹿砦,又称"鹿角",军事障碍物,用树木枝干交叉放置,形似鹿角。

卡。"他回答我,神气十足地手叉着腰,"你要干啥?"

我没有回答他,一把抓住他领口,拖到谷仓门前,叫他开门。这位村长想要犟,可是按**家规**施行的惩处在他身上发挥了作用。他掏出钥匙打开了仓门。我冲过门槛,奔向暗黑的角落,凭房顶上一条狭缝照出的微光,我看见父亲和母亲。他们双手捆绑着,脚上套着镣铐。我扑上去拥抱他们,一句话也说不出。他俩惊讶地望着我——三年行伍生活把我改变了许多,他们都认不出我了。母亲一声哎呀,便泪流满面。

忽然我听见一个亲爱的熟悉的声音:"彼得·安德烈依奇!是您呀!"我愣住了……回头一望,才看见,另一个角落里是玛丽娅·伊凡诺芙娜,也被人捆着。

父亲望着我,一句话不说,他不敢相信自己了。快乐闪现在他的面容上。我连忙用军刀割断捆绑他们的绳索。

"你好啊,你好啊,彼得鲁沙,"父亲对我说,把我拥在他胸前,"谢天谢地,总算把你给等来啦!"

"彼得鲁沙,我的乖儿子。"母亲说,"上帝怎么把你给带来的!你身体好吗?"

我忙着把他们从监禁处带出去,然而,走到门口,我发现门又被锁上了。"安德留什卡,"我大喊一声,"开门!""哪能呢,"村长在门外回答,"你自个儿就呆在这儿吧。瞧我们来教训你怎么撒野,看你还敢揪政府官员的领口子!"

我环视谷仓四周,找找看有什么办法好出去。

"别费力啦,"父亲对我说,"我可不是那么个当家的,在我的谷仓里会留个让贼钻进钻出的窟窿。"

母亲为我的出现高兴了一小会儿,马上又陷入绝望,看来连我也得和全家人同归于尽了。可是我从跟他们和跟玛丽娅·伊凡诺芙娜在一起的一瞬间开始,已经变得更加冷静沉着了。我随身带着一把军刀,两支手枪,我还能顶得住包围。格里尼奥夫该是傍晚时到达,他会解救我们。我把这些都告诉了我的双亲,母亲也安心了。他们便全心沉浸在相见的欢乐中。

"唉,彼得,"父亲对我说,"你瞎胡闹也闹得够啦,我当时确是生你的气。可往事没啥好提了,但愿这会儿已经改过自新,浪子回头了。我知道,你服役了,是个忠诚的军官。谢谢你。你让我,老头子,觉得宽慰。若是靠了你,我能逃脱,那么日子对我就更是加倍的快活了。"

我流着泪吻他的手,眼望着玛丽娅·伊凡诺芙娜,她为我的来到也是那么的高兴,简直是又幸福、又安心。

中午时分,我们听到一阵异常的喧哗吵闹声。"怎么回事,"父亲说,"是不是你的团长赶来啦?""不可能呀,"我回答说,"他黄昏以前是不可能到的。"喧哗声更大了,敲起了警钟,我们听见院子里有人骑马跑过的声音。这时,墙上一个裂缝里伸进了萨维里奇白发苍苍的头,我可怜的老仆人苦声苦气地说:"安德烈·彼得罗维奇,阿芙朵吉·华西里叶芙娜,我的少爷,彼得·安德烈依奇,玛丽娅·伊凡诺芙娜好姑娘,不得了啦!强盗进村啦。你知道吗,彼得·安德烈依奇,是谁带来的?施瓦布林呀,亚历克赛·伊凡内奇呀,叫鬼把他抓去吧!"一听见这个可恨的名字,玛丽娅·伊凡诺芙娜双手一拍,呆住不动了。

"你听着,"我对萨维里奇说,"派个人骑马到××渡口去,去迎骠骑兵团,叫他们把我们的危险情况报告上校。"

"可派谁去呀,少爷!小伙子们都造反啦,马都给抢走啦!哎呀呀!已经到院子里啦——朝谷仓走过来啦。"

这时门外传来几个人的声音。我悄悄对母亲和玛丽娅·伊凡诺芙娜递个手势,叫她们躲进角落里,便拔出军刀,贴着墙藏在门背后。父亲拿起两支枪,都扳上枪机,站在我身边。门锁在咔咔地响,门被打开了,露出村长的脑袋。我朝他一刀砍去,他倒在地上,堵住了进口。同时父亲也朝门口开了枪,围困我们的人群咒骂着四散跑开,我从门口把受伤者拖进来,把门从里面用链条捆上。院子里满是手执武器的人,我在其中认出了施瓦布林。

"别害怕,"我对两个女人说,"还有希望。您,父亲,别开枪了。我们要珍惜最后几颗子弹。"

母亲在默默祈祷上帝,玛丽娅·伊凡诺芙娜站在她身旁,天使般安详地等待着我们的命运将如何决定。门外传来威胁、谩骂和诅咒。我坚持站在原地,准备干掉胆敢第一个闯进来的人。忽然恶徒们沉静下来,我听见施瓦布林的声音,他在叫我的名字。

"我在这儿,你想干什么?"

"投降吧,布拉宁,反抗是白费力。可怜可怜你的老人们吧,顽抗到底救不了你的命,我抓得住你们的!"

"你试试看,叛徒!"

"我不会自个儿白白地把头伸进去的,也不会浪费我的人。我要命令放火烧谷仓,到时候咱们瞧,看你怎么办,白山的堂·吉诃德。现在该吃午饭啦。你没事儿干,就坐一会儿,想想看吧。再会,玛丽娅·伊凡诺芙娜,我不用向您道歉了:您呀,大概是,跟您的骑士一块儿呆在黑暗里,并不寂寞呀。"

施瓦布林走开了,留下卫兵守住谷仓,我们都不说话。每个人都在想心事,都不敢把心事给另一个人说。我心中想象着这个恶毒的施瓦布林所能施展的一切手段,关于自己,我几乎不去操心。要我说真话吗?就连我父母双亲将会遭遇到什么,也不像玛丽娅·伊凡诺芙娜的命运那样令我感到可怕。我知道,母亲一向受到农民们和家里下人们的崇拜,父亲嘛,尽管他待人严厉，可也是受人爱戴的，因为他为人正直，了解他手下人真实的需要。这些人造反只是误入歧途，一时迷醉，而不是怒火在心地发泄。所以他们定会得到宽恕。然而玛丽娅·伊凡诺芙娜呢？这个下流无耻、良心丧尽的人会给她安排什么样的遭遇！我不敢这样可怕地想下去，我准备，上帝饶恕，宁可杀死她，也不能再一次看见她落入那个残暴的仇人之手。

又过了大约一小时，村子里传来醉汉们的歌唱声。我们的看守羡慕他们，对我们有气，便咒骂我们，吓唬说要拷打我们，杀掉我们。我们在等待着施瓦布林威胁的下文。终于，院子里传来大批的人的走动声，我们又听见施瓦布林的声音了。

"怎么，你们想好啦？肯自愿向我投降吗？"

没人回答他。等了不多一会儿，施瓦布林命令抱些柴草来。几分钟后火光升起，把黑暗的谷仓照得通明，浓烟开始从门槛下的缝隙里往里钻。这时玛丽娅·伊凡诺芙娜走到我身边，抓住我的手，轻声地说：

"得了，彼得·安德烈依奇！别为我毁了自己跟父母亲。放我出去，施瓦布林会听我话的。"

"绝对不行，"我发火地叫喊，"你可知道你会遭遇到什么？"

"我不会忍受屈辱的，"她平静地回答，"但是，或许我能救我的恩人和这一家，这一家人这么宽宏大量地收养了我这个可怜的孤儿。再见了，安德烈·彼得罗维奇；再见，阿芙朵吉·华西里叶芙娜，你们对我比恩人还亲。为我祝福吧。请原谅我，彼得·安德烈依奇。请您相信，我……我……"说到这里，她哭了，她两只手捂住脸……我像疯了似的，母亲也哭了起来。

"别胡说了，玛丽娅·伊凡诺芙娜，"我父亲说，"谁会放你一个人去见那伙强盗！坐这儿，别出声。要死，大家死一块儿。"

"听，他们说些什么？"

"你们投降不投降?"施瓦布林在喊,"你们看见了吗?再过五分钟就把你们烤熟啦!"

"我们决不投降,恶棍!"父亲坚决地回答他。

他布满皱纹的面孔上带着异常的兴奋,显得神采奕奕,两只眼睛在一双白眉毛下威严地闪光。他转脸朝我,说一句:"是时候啦!"

他打开门。火焰涌进,卷住缝隙里填满干苔的一根根圆木①,父亲开着枪,一步跨出燃烧着的门槛,并事先大喝一声:"都跟我来!"我抓起母亲和玛丽娅·伊凡诺芙娜的手,迅速把她们拉到门外。门槛下横卧着施瓦布林,他被我父亲那只年迈的手开枪打中了;这群匪徒,由于我们出其不意地冲出,吓得四散跑开,又马上鼓起勇气向我们围上来,我趁机又砍了几刀,但是一块砖头掷得好准,正打中我的前胸。我倒下去,顷刻间失去知觉。等我醒过来,看见施瓦布林坐在血染的草地上,我们一家人都在他面前。有人用手搀扶着我,一群农民、哥萨克人和巴什基尔人团团围住我们。施瓦布林面色苍白得吓人,他一只手捂住受伤的肋部,脸上显出痛苦和狠毒。他慢慢抬起头,瞅我一眼,声音微弱不清地说:

"绞死他……全都绞死……除了她……"

马上一群恶徒便围上来,连喊带叫地把我们朝大门口拖去。但是忽然他们丢下我们便狼狈逃窜;格里尼奥夫正从门外走进来——他身后是整个一连手握出鞘钢刀的骑兵。

叛变者四散而逃;骠骑兵紧追不舍,刀砍不尽,再捉将起来。格里尼奥夫跳下坐骑,向父亲和母亲鞠躬行礼,又紧紧拉住我的

---

① 一根根圆木,俄国乡间的木屋是用一根根圆木垒起作为墙壁的,缝隙间填以晒干的青苔。

手。"我正巧赶到,"他对我们说,"啊!这就是你的未婚妻呀。"玛丽娅·伊凡诺芙娜脸红到耳朵根。父亲走向他,向他致谢,神色安详,但也非常感动。母亲拥抱了他,称他做救命的天使。"请光临敝舍。"父亲对他说,带他到我们家中。

走过施瓦布林身边,格里尼奥夫停住脚。"这是谁?"他瞧见这个受伤的人,问道。"这就是那个领头的,匪帮的头目,"父亲不无几分骄傲地回答他,从这骄傲中可以看出,他是一个老兵,"上帝帮助我衰弱的手惩罚了这个年轻的恶棍,为我儿子流的血报仇。"

"这是施瓦布林。"我告诉格里尼奥夫。

"施瓦布林!真是好。骠骑兵们!带上他!还要给咱们的医官说,要给他包扎伤口,像保护眼珠子一样保护他。施瓦布林必须立刻送交喀山秘密委员会,他是主要叛徒之一,口供应该很重要。"

施瓦布林睁开疲倦的眼睛。他脸上除肉体的痛苦外,毫无表情。骠骑兵们把他放在一件斗篷上抬走了。

我们走进屋里。我心怀悸动地注视着四周的一切,回忆起我幼年时的情景。家里什么也没变,所有的东西都原封未动。施瓦布林不许人抢劫这所房子,他虽然卑贱下流,却也对可耻的贪婪禁不住厌恶。仆人们都来到前厅。他们没有参加过造反,诚心诚意地欢喜我们得救。萨维里奇更是兴高采烈。要知道,当强盗攻来,众人慌乱之际,他奔向了马厩,施瓦布林的马正拴在那儿,他便装上马鞍,悄悄牵出去,混乱中,趁人不注意,便驰向了渡口。他遇上了已渡过河来正在伏尔加这一边休息的团队。格里尼奥夫听他说起我们的危险,立刻命令上马,全速前进——于是,感谢上帝,及时奔到了这里。

格里尼奥夫坚持把村长的头颅在酒店旁的杆子上挂了几个小时。

骠骑兵追击回来,捉住几个人。把他们关在那间谷仓里,我们就是在那儿度过这场值得纪念的围困的。

我们各自回到自己的房间里,老人们需要休息。我整夜未眠,现在倒在床上便熟睡过去,格里尼奥夫去安排他的事情了。

傍晚时,我们聚集在客厅里,围着茶炊,快活地谈说着已成往事的危险。玛丽娅·伊凡诺芙娜给大家一杯杯倒茶,我坐在她身边,心里只有她。我的双亲对我俩的柔情蜜意看来非常欣赏。直到如今,这个黄昏仍在我记忆中存留,我幸福,十分的幸福,在人的可怜的一生中,这样的时刻难道会很多吗?

第二天,他们来报告父亲,说农民们都到老爷的院子里来请罪了。父亲走到阶前见他们。他一出现,农民们都双膝跪下。

"咳,怎么,傻瓜们,"他对他们说,"你们怎么想起要造反的呀?"

"我们有罪。你就是我们的老爷。"他们异口同声地说。

"不错,是有罪。胡闹一场,现在自己也不开心。我饶恕你们,因为我心里快活,上帝让我跟我儿子彼得·安德烈依奇见了面。咳,好啦:有刀不杀认罪人。"

"我们有罪,自然是有罪!"

"上帝给的大晴天,该割草啦,可你们这群傻瓜蛋,整整三天干了些什么?管家的!叫每个人都去割草吧;你给瞧着点儿,你个红头发的魔鬼,到伊里亚节①之前,我们的草全都要垛起来。去干活吧!"

农民们鞠一个躬就上工了,好像什么也没发生过。

施瓦布林的伤要不了命。把他押送到喀山去了。我从窗口看见人们把他放进马车里。我们的目光相遇,他低垂下头去,而

---

① 伊里亚节,俄历七月二十日。

我立即从窗前走开。我怕我会在仇人的不幸和屈辱面前露出洋洋得意的表情。

格里尼奥夫必须继续行军。我决定跟他走,虽然我很想跟家人再呆几天。开拔的头天夜晚,我去见父母,按当时的习俗,我跪在他们脚下,请求他们为我和玛丽娅·伊凡诺芙娜的婚姻祝福。老人们扶我起来,流着欢乐的眼泪说他们同意。我把玛丽娅·伊凡诺芙娜带去见他们,她面色苍白,浑身发抖。他们祝福了我们……我当时感受如何,就不去描述了。有过我这种体验的人,我不说也了解——没有过的人,我只能表示惋惜,并且奉劝他趁时机未失,去恋爱吧,那你就也会得到父母亲的祝福的。

次日,团队集合。格里尼奥夫来跟我们全家告别。我们都确信,战事将很快结束:过一个月我便能做新郎了。玛丽娅·伊凡诺芙娜跟我告别时,当着众人的面吻了我。我上了马。萨维里奇跟我一同去——团队开拔了。

我从远处久久地遥望着村中的房舍,我又一次离开了它。一种阴暗的预感让我心中不安,好像有个人在悄悄告诉我,我的所有的不幸并未全都躲过。心头感到,一场新的风暴将会来临。

我不来描述我们如何行军、普加乔夫战事如何结束了。我们穿越一个个村庄,那里都被普加乔夫劫掠过,但我们仍不得已要从可怜的村民那里搜取强盗给他们留下的东西。

村民们不知道该听谁的。到处的行政机关都停顿了,地主们躲进了树林,一伙伙强盗四处作恶;被派去追击已逃到阿斯特拉罕的普加乔夫的,有些部队的长官,不分青红皂白地自作主张惩处了许多人……战火肆虐的广大地区情况极为可怕。愿上帝别看见俄国人的暴乱——它是毫无意义的,是残酷的。那些谋算着在我国进行不可能成功的变革的人,要么太年轻,不了解我们的人民，要么已经心如铁石，对他们来说，别人的脑袋值半文钱，自己的脖子也只值一文钱。

普加乔夫逃跑了，被伊·伊·米海尔松的部队追击着。不久我们得知，他已全军覆没。格里尼奥夫终于从他的将军那儿得到自封为王者被捕获的消息，同时也命令停止行军。终于我可以回家了。我欣喜若狂，然而，这时一种奇特的感觉使我的快乐蒙上一层阴影。

别稿二

（第二章末尾，"我在安德烈·卡尔诺维奇家吃午饭，连他的老副官一共三个人。"一句之后，原稿中有一部分文字被作者删去，其中有一小段留存，无头、无尾。）

……我的带路人跟停车场的主人之间一场神秘的谈话，一些并非明智的措施和行之已久的营私舞弊，在亚伊克河一带的哥萨克人村落中引起愤怒，好不容易才平息下去。有消息说，巴什基尔人在暗中准备暴动，将军说，很可能白山要塞不久将遭到攻击……

别稿三

（第六章结尾前："……两个月前他离开奥伦堡的,跟他年轻妻子一道,在伊凡·库兹米奇这儿……"一句之后,手稿中有这样一段。）

我还记得,玛丽娅·伊凡诺芙娜对我不满意,因为我跟漂亮的女客人谈话太多。一整天她都不跟我说一句话,晚上走时,也不跟我告别。第二天,当我走近司令家的房子,听见她银铃般的声音,玛丽娅·伊凡诺芙娜正唱着一支古老民歌中两句纯朴动人的句子：

　　快活的,谈话呀,可别听得坐着不肯走,
　　漂亮的,女人呀,可别瞧得口水往下流。

（第十一章最初的手稿写法与现在不同，定稿是在最初的手稿上修改而成的。最初手稿写的是格里尼奥夫自愿来找普加乔夫，普加乔夫以上宾之礼相待，他是来寻求对施瓦布林的公平审判的。普希金改变了这个写法，无疑是出于审查的考虑。鉴于最初写法对读者研究普希金这部小说的创作过程具有极其重要的意义，特译出以供读者参考。）

第十一章　叛乱的村庄

  这时狮子肚皮吃饱，尽管它生性残酷。
  "请问你为何来到我的洞府？"
  他亲切温和地问道。

阿·苏马罗科夫[①]

  我离开将军，奔回自己的住处。萨维里奇迎着我，又是老一套的劝说："少爷，你又干吗非要去跟那些醉鬼强盗们打交道呢！这是老爷们干的事情吗？万一有个闪失，你吃亏又为个啥！你要是去打土耳其人或是瑞典人，那也好说，可你要去打谁呀，说起来都丢人。"
  我打断他的话，问他，我总共还有多少钱？"够你用的呢，"

[①] 苏马罗科夫作品中没有这几行诗，似为普希金伪作。

他得意地回答我,"那伙强盗们搜呀搜,我还是给藏住了。"说完这话,他从衣袋里掏出一只长长的线织的小钱袋,里面满是银币。"喏,萨维里奇,"我对他说,"你给我一半,另一半你留着。我要出城去几天。"

"去哪儿呀?"——他疑惑不解地问。

"不管去哪,不关你的事,"我不耐烦地回答他,"叫你干啥你干啥,别自作聪明。"

"彼得·安德烈依奇少爷!"善良的老佣人话音发颤地说,"你可要怕上帝呀;你怎么可以在现在这种时候上路呢,无论去哪儿的路都给强盗堵死了!你就不可怜自己,也该可怜你的亲生父母呀。你要去哪儿?去干啥?你稍微等等吧:部队开到了,把强盗都捉起来,那时候四面八方随你往哪儿去。"

可是我已拿定了主意。"来不及商量了,"我回答老头儿说,"我必须去,我不能不去。你别难过,萨维里奇:上帝是仁慈的,或许我们能再见!你听着,你心里别顾忌,别舍不得花钱,要啥,就去买,再贵也买。这些钱我都给你了。要是过三天我不回来……"

"你这是咋啦,少爷?"萨维里奇打断我的话,"要我放你一个人走!你就做梦也别想这个。若是你决定走了,那我哪怕用两条腿也要跟上你。我不能丢开你。叫我丢开你自个儿留在石头城墙里?我是发了疯了吗?随你咋说,少爷,我可是不离开你。"

我知道,跟萨维里奇争论是没用的,就吩咐他收拾东西准备上路。半小时后,我骑上我的骏马,萨维里奇骑一匹又瘦又瘸的驽马,是一个城里居民白送给他的,因为没东西喂它吃。我们来到城门口,站岗的放我们走了,我们就离开了奥伦堡。

天色转暗。我朝普加乔夫的驻地别尔达村那条路上走。笔直的大道上满盖着雪;然而草原上到处是马蹄印,都是每天新踏上的。我骑着马大步地奔跑,萨维里奇几乎跟不上我,老是远远地冲我喊叫:"慢点儿呀,少爷,看上帝分上,你走慢点儿!我这匹该死的瘦畜生赶不上你那匹长腿杆子的魔鬼!急个啥呀?又不是去吃酒席,去挨斧子砍呀,眼看就得……"

很快就闪起了别尔达村庄的灯火。我一直朝它走去。"你去哪儿?去哪儿?"萨维里奇喊叫着,他赶上了我。"这是强盗们的灯光呀。我们绕过他们走吧,趁他们没看见我们。彼得·安德烈依奇……彼得·安德烈依奇爷们儿!……你别折磨死我了!老天爷呀,老爷家的孩子要完蛋啦!"

我们走近峡谷,它是这个村子的天然屏障。萨维里奇没有落在我后面,他一路上不停地诉苦、祈求。忽然我看见,在我眼面前就是一个前哨站。他们对我们喊叫,五个农民,手持木棍,把我们围住。我向他们说,是从奥伦堡来,见他们长官的。其中一个,便来给我带路,他骑上一匹巴什基尔马,跟我一同进了村。萨维里奇惊讶得不知所措,也就糊里糊涂骑着马跟上我们。

我们越过峡谷,走进了村庄。家家农舍都点着灯。到处是喧哗声和呼喊声。在街上,我遇见许多的人;而黑暗中没人注意到我,也没认出我是奥伦堡的军官。带路的人把我一直领到十字路口一角上的一座农舍前,"这儿就是皇宫,"他说,一边下了马,"我这就给你通报。"他进了农舍。萨维里奇赶上了我;我看他一眼,老头儿在画十字,嘴里在喃喃地念诵祷词。我等了好长时间;最后带路人转来,他对我说:"进去吧,我们的父亲叫你进去。"

我下了马,把马交给萨维里奇牵着,自己进了农舍,或者说是进了皇宫,像那个农民所说的那样。屋里点着两支油蜡烛,墙上糊了些金色的纸;再就是长凳呀,桌子呀,绳子上吊的洗手罐呀,钉子上挂的毛巾呀,屋角立着的长柄炉叉呀,上面放着盆盆罐罐的宽炉台呀——普通农家有啥，这里也有啥。普加乔夫坐在几尊神像下，身穿红袍，头戴高帽，了不起地叉着腰。他身边站着几个他的主要的伙伴，脸上是一副装出来的恭敬样子。看得出，一个军官从奥伦堡来到，这消息在叛乱者中间引起了强烈的好奇，他们摆好一副架势来迎接我。普加乔夫一眼便认出了我，他那副装出来的威风马上就消失了。"啊！老爷！"他高兴地对我说，"你好吗？老天爷怎么又把你给带来啦？"我回答说，我正是有事找他，我要他单独跟我谈谈。普加乔夫对他的伙伴说，叫他们出去。他们全都听话出去了，只有两个人没有挪动。"当他们面你就大胆说，"普加乔夫对我说，"我啥事都不瞒他们。"我斜着眼睛冲自封为王者的两个亲信瞧了瞧。其中一个是个瘦弱驼背的小老头儿，一把白胡子，丝毫没有值得注意之处，除了那件灰色粗呢短衣上斜挂着的一条天蓝色绶带之外。可是他的同伴我却终身难忘。他身材高大，肥胖，宽肩，年纪约莫四十四五岁。一脸浓密的棕色胡须，灰色的闪闪发光的眼睛，没有鼻孔的鼻子，额头上、面颊上尽是些红红的斑点，使他宽大的麻脸上具有一种说不出的表情。他穿一件红衬衫，一件吉尔吉斯人的长袍，一条哥萨克的宽腿灯笼裤。第一个（我后来知道）是个逃兵，伍长别洛波罗多夫；第二个是阿法纳西·索科洛夫（外号人称"炮仗"），是个流放的罪犯，他曾三次从西伯利亚的矿坑里逃出来。虽然这时我心情非常激动，而这个我如此绝望地身陷其中的场合却令我想象大作。片刻间我忘记了我为什么来到这个暴徒们所在的村庄。普加乔夫自己用他的问题给我提醒了这一点："是谁为了什么把你派到我这儿来？"

"我是自己来的，"我回答，"我来找你告状。来告你手下的一个人，请求你保护一个孤女，这个人在侮辱她。"

普加乔夫的眼睛闪亮了。"我的人当中哪一个胆敢欺侮孤女?"他大声喊着,"他的脑门子有七拃宽也逃不脱我的审判。你说,这犯人是谁?"

"施瓦布林就是那个犯人,"我回答他,"他把那个姑娘关了起来,你见过那姑娘的,她生病,在牧师女人屋里,他要强娶她为妻。"

"我要教训这个施瓦布林,"普加乔夫严厉地说,"他会知道,在我这儿胡作非为、欺侮老百姓会有什么下场。我要绞死他。"

"请准我说一句,""炮仗"用沙哑的嗓音说,"你急急忙忙任命了施瓦布林当要塞司令,这会儿又急急忙忙去绞死他。你已经得罪了哥萨克人,把个贵族给他们去当长官;可别再把贵族们又都吓坏了:听见一句话就去杀他们。"

"他们没啥值得可怜、值得同情的!"佩带天蓝色绶带的小老头儿说,"杀掉施瓦布林没啥坏处;可是把这个军官先生实实在在审一顿也不赖:他来干啥,若是他不承认你是皇上,那干吗找你求援;要是他承认,他又干吗直到今天还跟你的敌人一起呆在奥伦堡里?要不要把他带到审讯室去,给他那地方点个火儿:我觉得,这位老爷是奥伦堡的司令们秘密派来的。"

这个老混蛋话中的道理我听来是颇有说服力的。一想起我落在了谁的手里,我全身发冷。普加乔夫注意到我的不安。"怎么样,老爷?"他对我挤挤眼睛说,"我的大元帅,好像是说对了吧。你咋个想法?"

普加乔夫开的玩笑让我又有了勇气。我平静地回答说,我落在他的手里,他高兴拿我怎么办就怎么办。

"好的,"普加乔夫说,"你的事情咱们明天办。现在你说说,你们城里情况咋样?"

"上帝保佑,"我回答说,"一切都很好。"

"很好?"普加乔夫重复了一句,"老百姓都要饿死啦!"

自封为王的人说的是实情;而我由于宣誓效忠的义务,尽力使他相信,这都是不可靠的谣言,说奥伦堡城里有足够的各种各样的储备。

"你瞧,"小老头儿立刻接嘴说,"他是在当面瞒哄你。所有逃出来的人都众口一词地说,奥伦堡在闹饥荒,传瘟病,死人肉都吃,有这个吃已经算好的啦;可他老爷要你相信,说啥都够用的。你若是想吊死施瓦布林,那就用同一副绞架也吊死这个小伙子,叫他们谁也别羡慕谁。"

这个该死的老头儿这一番话让普加乔夫有些动摇了。幸亏,"炮仗"出来反对他的伙伴。"得了吧,纳乌梅奇,"他对他说,"你顶好是把什么都绞死、杀光。你算个啥子好汉?你瞧瞧,你靠什么支撑着你的灵魂。自己已经望见坟墓了,还尽想着杀人。这位军官自己愿意来找我们,可你还要绞死他。未必说,你良心上沾的血还少吗?"

"可你算个啥子圣人?"别洛波罗多夫回嘴说,"你打哪儿来的这份儿慈悲?"

"当然啰,"炮仗回答他,"我有罪,这只手(说时他攥起他瘦骨嶙峋的拳头,又卷起袖子,露出一只毛茸茸的手臂来),这只手也有罪,它叫基督徒流过血。可是我杀的是敌人,不是客人呀,是在通衢大道,十字路口上,在黑树林子里,不是在家里,坐在炉子前面;用的是短柄锤子和斧头,不是老娘们儿的长舌头。"

老头儿转过身去,咕噜一句:"烂鼻孔!"

"你在那儿叽咕个啥,老东西?""炮仗"吼了起来,"我就来给你个烂鼻孔,你等着,你会有那一天的。老天爷会的,会叫你闻一闻火钳子……这会儿你留点儿神,别叫我把你的胡子给拔了!"

"将军先生们呀!"普加乔夫郑重其事地宣称,"你们好别吵啦。若是奥伦堡的那群狗都在一个绞架下面伸腿蹬蹄子,那没啥不好,可要是我们的公狗自家咬起来,那就糟糕啦。好了,你们讲和吧。"

"炮仗"跟别洛波罗多夫都没说话,黑着脸互相对视。我看出必须要把谈话改变一下,否则结果将对我非常不利,便转向普加乔夫,快活地对他说:"啊!我都忘了谢谢你的马和皮袄啦。要不是你,我到不了城里,就冻死在路上了。"

我的计谋达到了目的。普加乔夫高兴起来了。"善有善报嘛。"他说,一边眨眨眼,又把眼睛眯成一条缝,"现在告诉我,那个姑娘,受施瓦布林侮辱的姑娘,关你啥事情?莫不是年轻小伙子的心上人儿吧,啊?"

"她是我的未婚妻。"我回答普加乔夫,我看出形势已经好转,认为不需要隐瞒真情。

"你的未婚妻!"普加乔夫喊出声来,"干吗你早不说?那咱们来给你办婚事,喝你的喜酒!"然后,他向别洛波罗多夫说:"你听着,大元帅!我跟他老爷是老朋友啦,咱坐下,晚饭先吃一顿儿,早晨人比晚上聪明。明天咱们看看,怎么给他安排。"

我真想谢绝他要给予我的这种荣幸,但是毫无办法。两个年轻的哥萨克姑娘,房主人的女儿,铺上了白台布,拿来面包、鱼汤、几瓶葡萄酒和啤酒,我又再一次跟普加乔夫和他可怕的同伙们一同进餐了。

我身不由己地参与了这次狂宴,它一直继续到深夜。终于,同席的人都醉倒了。普加乔夫坐在那儿打起盹来;他的伙伴起身要走,他们示意叫我离开他。我跟随他们一同出来,萨维里奇站在门外,手里牵着我们的两匹马。"炮仗"吩咐,叫哨兵带我去审讯室,我和萨维里奇便留在那里,他们把我跟他一同关在那里。老仆人看见所发生的一切,莫明其妙,他连一句话也没问我。他在黑暗中躺下,老是唉声叹气,到后来已打起鼾来,我则陷入沉思,搞得我整夜一分钟也没睡着。(以下与正文相同)

别稿五

（现在手稿中有一份《上尉的女儿》前言草稿，是一张以作者名义写下的短简。）

我亲爱的孙儿彼得鲁沙！

我时常给你讲一些我生平所遭遇的事情，我注意到，你总是非常留意地听我讲述，虽然，我确是很可能，把同一件事述说过上百次。有些问题我从来没有回答过你，我答应将来有一天会满足你的好奇心。现在我决定实现我的诺言。我现在开始来为你写一些笔记，或者毋宁说是写一篇真诚的忏悔录，我完全确信，我的自白对你会有些用处。你知道，尽管你非常淘气，我仍是认为，你会有出息的，我主要的根据是你的青年时代跟我的非常相像。当然，你的父亲从来没让我，像你让你父母亲这样伤心过。他总是规规矩矩、老老实实，你要是像他，那就好了。可是你生来就不像他，而像你的祖父，而依我看，这并不是什么坏事情。你会看见，我，由于激情迸发，往往迷途，多次陷入极度的困难，而到底还是摆脱了，老天保佑，活到了老年，受到我的亲人和好心的朋友们的尊敬。我预言你也会这样的，我亲爱的孙儿，假如你能常在心中保有我在你身上注意到的两种美好品质的话，它们是：善良和高尚。

1883年8月4日，黑水河边

别稿六

(还有这样一份没写完的前言草稿保存下来。)

奥伦堡一带人人都熟悉一些传闻,它是我们现在发表的这部小说写作的根据。

读者很容易透过小说中的虚构找出一条真实事件的线索来,而对于我们,这只是多余的事。我们决定写下这一篇前言,完全是为另一种目的。

几年之前,在我们的一本文集中,发表了……

〔全书完〕

图书在版编目(CIP)数据

上尉的女儿/(俄罗斯)普希金著;智量译.
—上海:华东师范大学出版社,2015.12
(智量译文选)
ISBN 978-7-5675-4397-3

Ⅰ.①上… Ⅱ.①普…②智… Ⅲ.①长篇小说-俄罗斯-近代
Ⅳ.①I512.44

中国版本图书馆 CIP 数据核字(2015)第 302062 号

智量译文选

上尉的女儿

著　　者	(俄)普希金
译　　者	智　量
项目编辑	许　静　姚之均
审读编辑	陈锦文
责任校对	高士吟
装帧设计	姚　荣

出版发行	华东师范大学出版社
社　　址	上海市中山北路 3663 号　邮编 200062
网　　址	www.ecnupress.com.cn
电　　话	021-60821666　行政传真 021-62572105
客服电话	021-62865537　门市(邮购)电话 021-62869887
地　　址	上海市中山北路 3663 号华东师范大学校内先锋路口
网　　店	http://hdsdcbs.tmall.com

印 刷 者	上海中华商务联合印刷有限公司
开　　本	890×1240　32 开
印　　张	4.75
字　　数	106 千字
版　　次	2016 年 4 月第 1 版
印　　次	2016 年 4 月第 1 次
书　　号	ISBN 978-7-5675-4397-3/I·1472
定　　价	28.00 元

出 版 人　王　焰

(如发现本版图书有印订质量问题,请寄回本社客服中心调换或电话 021-62865537 联系)